Leseratten unterwegs

Katharina Holtmann

Auf den Spuren von Donna Leons Romanen

Krimi-Schauplätze in Venedig

Mit Fotos von Manfred Kaczerowski

books&friends

Inhaltsverzeichnis

Schöner Wohnen: Paläste, Polizeiwohnungen und feine Hotels

In Gummistiefeln ins Museum

Venedigs Highlights: Canal Grande, Rialto, Markusplatz

Schöner Wohnen: Paläste, Polizeiwohnungen und feine Hotels

Krimi-Schauplätze in „Venezianisches Finale“

Gran Teatro La Fenice

In der ägyptischen Mythologie symbolisiert der Phönix aus der Asche die Wiedergeburt. Nach einer Lebenszeit von mehreren hundert Jahren baut der Phönix ein Nest, setzt sich hinein und verbrennt. Übrig bleibt in der Asche ein Ei, aus dem später ein neuer Phönix (italienisch: fenice) schlüpft.

Als die Venezianer ihrem neuerbauten Opernhaus 1792 den Namen Gran Teatro La Fenice gaben, bezogen sie die symbolische Bedeutung auf den Verlust der alten Oper San Benedetto, die 1773 durch einen Brand zerstört worden war. Sicherlich wollten sie damit nicht zwei weitere Großbrände ihres Theaters orakeln. Tatsächlich brannte das neue Opernhaus am Campo San Fantin nach vierundvierzig Jahren erneut ab, konnte jedoch schon ein Jahr später wieder eröffnet werden. Der dritte Neubau erlebte glanzvolle einhundertsechzig Jahre, bis ein verheerender Großbrand, von Handwerkern gelegt, das Theater im Januar 1996 erneut zerstörte.

Um den Opernbetrieb zumindest teilweise aufrecht erhalten zu können, wurde auf der Parkplatzinsel Tronchetto ein Provisorium errichtet, Palafenice genannt. Unter weißen Zeltdächern, einem Zirkus nicht unähnlich, gastierten hier die Großen der Welt.

Die ersten Szenen von Guido Brunettis erstem Fall spielen im weltberühmten Teatro La Fenice. Das Publikum wartet vor dem letzten Akt von Verdis „La Traviata“ auf den Dirigenten, der nach der Pause nicht auf sein Podium zurückkehrt. Maestro Wellauer liegt tot in seiner Garderobe. Alle Indizien deuten auf eine Vergiftung hin.

Abb. oben | *Der Phönix: Symbol für das Theater*

Abb. links | *Einer hat alles gesehen*

Doch der Phönix sollte, da war sich die kulturelle Weltgemeinde einig, erneut aus der Asche auferstehen, „com' era e dov' era" (wie er war und wo er war), wie Dante es im vierten Gesang seines „Inferno" zitiert. In Deutschland wurde ein Verein für den Wiederaufbau des Opernhauses La Fenice in Venedig gegründet, im Jahr 2000 jedoch wieder aufgelöst, weil man an die Realisierung des Projektes nicht glaubte. Eine dubiose Rolle spielte in der Planungsphase eine große deutsche Bauunternehmung mit zahl-

Abb. links | *„Oper in einem Zelt, auf einem Parkplatz?" Für Polizei-Sekretärin Signorina Elettra absolut undenkbar.*

Abb. rechts | *„Aus dem Feuer wieder auferstanden, aus der Unkenntnis nicht"*

„Nach Jahren der Diskussion, der Vorwürfe und Gegenvorwürfe hatten selbst die wenigen Leute, die noch die Chronologie der Ereignisse richtig auf die Reihe bekamen, alles Interesse an den Fakten ebenso verloren wie die Hoffnung auf den versprochenen Wiederaufbau." (Donna Leon, Feine Freunde, Seite 57)

reichen Subunternehmern, die während dieser Zeit insolvent wurde. Politische Differenzen und Kompetenzgerangel verzögerten den Baubeginn weiterhin.

Eine unglaublich große Spendenflut aus der ganzen Welt erzwang den Neubau geradezu. Achtundachtzig Millionen Euro, so lautet die offiziell genannte Summe, die der Bau gekostet haben soll. Die Unesco und zahlreiche Stiftungen stellten Fördergelder zur Verfügung, in Benefizkonzerten traten hochkarätige Künstler kostenlos auf, darunter Woody Allen als Saxofonist.

Der elegante, neoklassizistische Bau von 1792 war das Meisterwerk des berühmten Architekten Gianantonio Selva, die Rekonstruktion von 1836 hatten seine Schüler übernommen. Der Neubau von 2002 bis 2004 des Architekten Aldo Rossi ist dem klassischen Vorbild weitgehend nachempfunden.

Guido Brunetti bezeichnet die Fassade als „streng" (Donna Leon, Venezianisches Finale, Seite 211). Für das Gesamtkunstwerk Venedig ist sie auch nach dem Wiederaufbau eher schlicht. Um die dominante Größe dieses Gebäudes zu erfassen, sollte man bei klarer Sicht auf den Campanile am Markusplatz hochfahren. Der gelbe Anstrich des Theaters hebt sich eindrucksvoll aus dem Steingewirr der umgebenden Häuser ab.

Die Farben Rot und Gold dominieren im Theatersaal, der gut tausend Besuchern Platz bietet. Alle Sessel sind mit rotem Samt bezogen, die Brüstungen der fünf übereinanderliegenden Galerien zeigen Stuck und Malereien, die eintausendeinhundert Quadratmeter Blattgold verschlungen haben. Als Napoleon die Stadt regierte, bestand er darauf, dass in der Mitte, der Bühne genau gegenüber, eine Kaiserloge eingebaut wurde. Der Kaiser ging, die Loge blieb und wurde unter Vittorio Emmanuele zur Königsloge. Auch der König musste gehen, und heute sitzen in der Loge bis zu zwölf Staatsgäste. Sind keine Ehrengäste in einer Vorstellung, kann man die Loge auch mieten, bis zu vierhundert Euro kostet die Karte für einen Platz.

Den Eindruck königlicher Eleganz unterstreichen der prächtige Kronleuchter aus Muranoglas, ein Geschenk des

Service | Gran Teatro La Fenice, 4387 San Marco, Calle delle Veste am Campo San Fantin, 30174 Venezia | Anlegestelle Santa Maria del Giglio | Telefon 041-78661 oder 041-2424 | Internet: www.teatrolafenice.it oder www.hellovenezia.it | E-Mail: info.stampa@teatrolafenice.org | Besichtigung ca. 7 Euro, nur mit Führung (in vier Sprachen) möglich. Anmeldung erforderlich

englischen Königshauses, und der blaue Samtvorhang, den die venezianische Parfumkönigin Laura Biagiotti spendierte. Der Glanz des wieder entdeckten Rokoko darf nicht darüber hinwegtäuschen, dass der Architekt in das neue Theater modernste Technik eingebaut hat. Für den Orchestergraben entwarf er mobile Plattformen, mit denen sich zum einen die Bühne vergrößern lässt, aber auch der Zuschauerraum um rund einhundert Plätze wachsen kann. Um in der Pause das standesgemäße Glas Prosecco zu trinken, geht man von den oberen Rängen in den Proberaum – dort steht abends die Bar – und weiter auf eine schmale, umlaufende Galerie mit einem fantastischen Blick nach unten. Man schaut in die Sala Grande, einen Raum von der Größe eines Ballsaales in Pastell- und Goldtönen, und erlebt eine kleine Zeitreise: Im 19. Jahrhundert stand das Volk, das auf den oberen Rängen saß, in der Pause auf der schmalen Galerie und schaute dem unten in großen Roben flanierenden Adel zu.

Die Sala Grande ist einer der Apollonischen Säle, in einem weiteren stehen Sitzgruppen mit kleinen Tischen, und die Theke bietet nicht nur Prickelwasser, sondern auch leckeren Kaffee, belegte Brötchen und kleine Fertiggerichte. Ein Blick in die Garderoben, den eigentlichen Tatort in unserem Roman, zeigt modernen, zweckmäßigen Retrostil – aber rote Veloursessel mussten es schon sein.

Die erste glanzvolle Premiere im neu eröffneten Opernhaus fand am 12. November 2004 mit Verdis „La Traviata“ unter der Leitung von Lorin Maazel statt. Das Teatro La Fenice verfügt über einen eigenen Chor und ein Orchester, es gibt jedoch kein festes Ensemble. Daher wird eine Inszenierung stets an mehreren aufeinanderfolgenden Tagen gespielt. Danach folgt eine mehr oder weniger lange Pause bis zur nächsten Aufführung. Für die

Weltstars der Opernszene ist es Freude und Ehre zugleich, am Teatro La Fenice zu gastieren.

Theoretisch könnten Karten über das Internet bestellt werden, in der Praxis funktioniert das leider nicht besonders gut. Sogar die Manager der besten venezianischen Hotels klagen darüber, dass sie die Kartenwünsche ihrer Gäste nicht befriedigen können. Am sichersten scheint es zu sein, ein Komplettangebot zu buchen: Reise plus Hotel plus Opernkarten.

Hintergrund | *Die Venezianer und die Musik*

„Wenn ich ein andres Wort für Musik suche, so finde ich immer nur das Wort Venedig." (Friedrich Nietzsche)

Nicht ohne Grund hat Donna Leon die Aufführung der Verdi-Oper als Kulisse für den Mord in ihrem ersten Krimi gewählt. La Traviata wurde 1853 im La Fenice uraufgeführt. Zu dieser Zeit stand Venetien unter der KuK-Herrschaft Österreichs. Patriotische Besucher der La Traviata-Uraufführung stimmten laute Viva-Verdi-Rufe an. Damit war der verehrte Komponist nur vordergründig gemeint, Verdi stand auch für Viva Vittorio Emanuele Re d'Italia (es lebe Vittorio Emanuele, König von Italien). Bei dieser Szene denkt man unwillkürlich an eine ähnliche, vielfach im Kino und Fernsehen gesehene: Die Kaiserlichen Hoheiten aus Österreich in der Kaiserloge der Mailänder Scala und die Diener der Adligen, die anstelle ihrer Herrschaften in die Aufführung geschickt wurden, singen den Gefangenenchor aus der Verdi-Oper Nabucco – Sissi lässt grüßen!

1851 wurde die Verdi-Oper Rigoletto ebenfalls im La Fenice uraufgeführt. Strengste Geheimhaltung ordnete der Komponist vorher über seine Arien an, aus Sorge, die Gondelsänger könnten „La donna è mobile" bereits vor der Premiere durch die Kanäle schmettern.

Abb. links | *Der Bühneneingang wäre von Menschentrauben umlagert, könnte sie noch einmal hier das Opernhaus betreten*

Auch im dritten Jahrtausend genießt das Teatro La Fenice noch den Ruf, die konventionelle, vorzugsweise italienische Oper zu favorisieren, wenn auch beispielsweise Pina Bausch vor zwanzig Jahren schon für ihr modernes Tanztheater umjubelt wurde. Im Mozartjahr 2006 spielte man selbstverständlich Die Zauberflöte, und das sogar in deutscher Sprache.

Über das venezianische Publikum urteilt der Musikkritiker Professore Rezzonico im Roman: „...es ist eine Horde von Affen ... sie gehen hin, um ihre Garderobe auszuführen und von ihren Freunden gesehen zu werden, und diese Freunde sind aus genau dem gleichen Grund dort. Sie könnten die Dorfkapelle aus dem kleinsten Kaff Siziliens in den Orchestergraben setzen, und aus dem Publikum würde keiner den Unterschied hören." (Donna Leon, Venezianisches Finale, Seite 180). Zwischen Venedig und Bayreuth liegen eben doch nur die Alpen!

Der vielzitierte Giuseppe Verdi, während dessen „La Traviata" der Dirigent im Roman stirbt, war kein Venezianer, sondern stammte aus der Provinz Parma. Die Serenissima, wie die Venezianer ihre Stadt nennen, hat jedoch von Claudio Monteverdi über Antonio Vivaldi bis Tommaso Albinoni große Komponisten hervorgebracht. Vivaldis Musik geriet über fast zweihundert Jahre in Vergessenheit, bis sie im letzten Jahrhundert eine wahre Renaissance erlebte. Heute ergänzen sich die Stichworte Venedig und Musik fast automatisch mit Vivaldi. In vielen Kirchen und Palästen werden allabendlich Konzerte gegeben, und Vivaldi gehört immer dazu. So selbstverständlich, dass Venezianer auf das amerikanische „Oh, look, weiweldei" schon höchst allergisch reagieren.

Donna Leon ist eine exzellente Kennerin der klassischen Musik, ihr Lieblingskomponist ist der Deutsche Georg Friedrich Händel. Es wird ihr nachgesagt, dass sie keinen noch so weiten Flug scheut, um bei einer Händel-Premiere dabei zu sein.

Friedhofsinsel San Michele

Im 13. Jahrhundert siedelten sich auf der nördlich gelegenen Insel San Michele Mönche an und errichteten einen Klosterbau. Der Architekt Mauro Codussi begann Ende des 15. Jahrhunderts mit dem Bau der Kirche San Michele, deren Fassade er mit istrischem Marmor verkleidete.

Dieser erste sakrale Renaissancebau wurde zum Protagonisten für das künftige Stadtbild Venedigs, das bis dahin gotisch geprägt war.

Ende des 18. Jahrhunderts verbot die napoleonische Regierung die Beisetzung der Toten im Stadtgebiet, und San Michele wurde zur Friedhofsinsel ausgebaut. Heute ist die Insel längst überfüllt, im nordöstlichen Bereich wird derzeit ein Ergänzungsfriedhof angebaut. Noch greift die Regel, dass nach etwa zehn bis fünfzehn Jahren die Gebeine exhumiert werden und „in einem Beinhaus in einer langen, überfüllten Mauer des Friedhofs“ (Donna Leon, Venezianisches Finale, Seite 83) eine neue Ruhestätte finden.

Viele Venezianer lassen ihre Angehörigen heute aus verschiedenen Gründen auf dem Festland beisetzen. Zum einen wird die Totenruhe nicht durch eine Exhumierung

Brunetti fährt mit dem Vaporetto auf die Friedhofsinsel San Michele. Der Gerichtsmediziner Dr. Rizzardi hat die Autopsie an der Leiche des verstorbenen Dirigenten Wellauer durchgeführt. Eine Vergiftung durch Zyankali im Kaffee konnte eindeutig nachgewiesen werden.

Abb. oben | *Nach der letzten Ruhe folgt die allerletzte in einem Beinhaus*

Abb. unten | *Eine Insel, ganz ummauert, schenkt ewige Ruhe*

Service | Am besten erreicht man die Insel von der Station Fondamenta Nuove im Norden von Cannaregio. Die Linien 41 und 42 fahren im 20-Minuten-Takt. Auf der Friedhofsinsel gibt es keinen Fahrkartenverkauf, daher für Vorrat sorgen, wenn man keinen Dauerfahrschein besitzt.

gestört, zum zweiten ist es deutlich preiswerter, und San Michele soll doch auch voll sein. Gegen Bustarelle (gefüllte Briefumschläge) jedoch scheint noch immer etwas möglich zu sein auf San Michele. So findet man viele größere Gräber mit kostbaren Marmorplatten, in denen Verstorbene bereits dreißig Jahre und länger ruhen. Dass Brunettis Vater in der Nähe des Grabes von Igor Strawinsky beigesetzt sein soll, ist eher unwahrscheinlich, denn die Toten sind sorgfältig sortiert: Es gibt eine evangelische Sektion, eine griechisch-orthodoxe, es gibt die Ehrengräber, wie das von Strawinsky und seiner Ehefrau. Aber die Venezianer bleiben im Tod unter sich, mussten sie doch ihr ganzes Leben lang die Stadt mit den Touristen teilen.

Hotel Cipriani

Guidos Chef, der Vice-Questore Giuseppe Patta, von Haus aus Sizilianer und nur der Karriere wegen im italienischen Norden gelandet, nimmt sein Mittagessen gern am Pool des Hotel Cipriani ein oder in der legendären Harry's Bar. Für den Kaffee zwischendurch schätzt er das Caffè Florian am Markusplatz.

Wer zu den Zeitgenossen gehört, die am Ende einer Reise stöhnen: „Zu Hause ist es doch am schönsten", dem wird ein Aufenthalt im Hotel Cipriani dringend empfohlen. Vorausgesetzt, das eigene Zuhause ist ein besonders komfortables, luxuriöses, das im Alltag auch nicht den kleinsten Wunsch offen lässt. In diesem Fall ist das Hotel Cipriani genau das Richtige, denn hier sind die Grenzen zwischen Luxushotel und Komfortvilla fließend.

Kann in Venedig ein Hotel der Extraklasse inmitten großer Gärten liegen und dazu noch einen Pool besitzen? Das geht nur auf der Giudecca, der langgestreckten Insel im Süden der Stadt. Auf der östlichen Spitze begann Giuseppe Cipriani, der damalige Besitzer von Harry's Bar, zusammen mit einigen Mitgliedern der Bier-Dynastie Guinness, im Jahr 1956 mit dem Bau eines Hotels. Das Haus fand sehr schnell große Akzeptanz, und es folgten weitere Anbauten sowie die Anlage eines Pools mit olympischen Maßen – wir erinnern uns: Hier zieht der Vice-Questore Patta mittags seine Bahnen.

In den Jahren nach 1990 bot sich die Möglichkeit, das Hotel durch den Ankauf historischer Gebäude zu vergrößern. Der Palazzo Vendramin, der kleinere Palazzetto Nani und ein ehemaliger Kornspeicher, nebeneinander direkt am Ufer des Giudecca-Kanals gelegen, boten nun endlich den einzigartigen Blick auf die Salute-Kirche und San Marco.

Giuseppe Cipriani hatte sich bereits 1972 aus der Geschäftsführung zurückgezogen, und vier Jahre später verkaufte die Guinness-Familie das Hotel dem amerikanischen Sherwood-Konzern. Der neue Besitzer suchte einen herausragenden Fachmann für die Leitung und fand ihn in Dr. Natale Rusconi, der das Hotel seit 1977 leitet. Er ist Kopf, Herz und Seele des Unternehmens – nur so ist die einzigartige Atmosphäre des Hauses zu erklären. Der Gast ist hier nicht König, er ist schlicht das einzige, was zählt. An einem Beispiel sei es erklärt: Die Korrespondenz mit jedem Gast wird auf demselben Weg geführt, wie dessen erste Anfrage das Hotel erreicht. Schickt er eine E-Mail, bekommt er seine Antwort auf den Computer, schreibt er seinen Brief mit der Hand, wird ihm auch genau so geantwortet. Und dass man die Sprache erwidert, in der angefragt wurde, erscheint fast selbstverständlich.

Abb. links |

Das Frühstück nimmt man im Garten mit Blick auf die Lagune ein

„Sie sind Deutsche? Herzlich Willkommen in unserem Haus!" In der Muttersprache empfangen zu werden, ist schon ein Geschenk, mit dem warmherzigen und klugen Direktor ein Gespräch zu führen, ein weiteres. Er vermittelt dabei, dass er in diesem Moment überhaupt nichts Besseres tun könnte, als gerade mit diesem Gast zu plaudern. Seine Philosophie gibt er an die Mitarbeiter weiter, die alle aufmerksam, dezent und freundlich für den Gast da sind.

Schon die Anreise zum Hotel dokumentiert den besonderen Service. Natürlich kann die Abholung vom Flughafen oder Parkplatz organisiert werden. Wer jedoch auf eigene Faust das Hotel erreichen möchte, findet gleich neben dem Dogenpalast in San Marco den hoteleigenen Bootssteg. Der Kapitän in stilvoller Uniform bringt Gäste in wenigen Minuten mit dem Motorboot zum Haupteingang des Hotels. Dort werden sie von Roberto empfangen, dem vermutlich einzigen Wasserempfangschef der Welt.

Das Hotel Cipriani verfügt über achtundachtzig Doppelzimmer und Suiten. In jedem Winter werden erneut zwei Doppelzimmer zu einer Suite umgebaut, der steigenden Nachfrage entsprechend. Alle Räume bieten herrliche Ausblicke, sei es in die Weite der Lagune, auf die kleine Nachbarinsel San Giorgio Maggiore mit ihrer Palladio-Kirche, in die gepflegten Gärten oder – natürlich am spektakulärsten – auf die Altstadt von San Marco. Trüge das Hotel nicht den Namen seines Gründers, sollte es unbedingt Belvedere – Schöne Aussicht – heißen. Dass die Räume und Badezimmer perfekt, stilvoll und luxuriös eingerichtet sind, ist selbstverständlich. Um diesen Zustand der Perfektion zu erhalten, schließt das Hotel in jedem Winter für einige Monate. So erhielten zuletzt alle Zimmer Internetzugang,

und Fernseh-Flachbildschirme wurden in die Wände verlegt. Bei der Ausstattung der Zimmer und Suiten hat der Gast die Wahl von antiker Eleganz bis zu freundlich-hellen Korbmöbeln. Bevorzugt wurden Stoffe des Künstlers Mariano Fortuny verwendet, und seine exotischen Wandlampen erleuchten die Flure. Selbst dem ausgefallenen Wunsch nach „knitterfreier Garderobe über Nacht“ ist man gerecht geworden: In einigen Bädern steht ein großer, offener Kleiderschrank. Aber im Cipriani benötigt wirklich niemand ein Reisebügeleisen, dafür stehen genug dienstbare Geister zur Verfügung.

Abb. oben links | *Rezeption mit Seegang – das ist doch einmal etwas anderes*

Abb. links | *Zimmer mit Aussicht*

Abb. unten links | *Die Palladio-Suite: eine Hommage an das Architektur-Genie*

Solcher Luxus hat natürlich seinen Preis: Für eine Übernachtung im Doppelzimmer muss man auch in der günstigsten Reisezeit im April oder Oktober ab rund 625 Euro erübrigen, mit mehr Komfort und in der Hauptsaison bis zu 1.330 Euro. Claudia Schiffer oder George Clooney, die hier schon zu Gast waren, dürften eher die Palladio-Suite bevorzugt haben. Sie bietet neben zwei Schlafzimmern auch die eigene Terrasse mit kleinem Pool und separatem Abgang zum Wasser mit Boot. Den Butler-Service eingeschlossen, muss man dafür schon bis zu 8.330 Euro hinblättern.

Abb. oben | *Wer glaubt, er könnte hier mal ein Stündchen in Ruhe lesen – keine Chance. Es gibt so viel zu sehen! Casanova hat schließlich auch nicht gelesen*

Abb. rechts | *Nach dem Bad braucht der Vice-Questore eine gute Mahlzeit, damit er nachmittags wieder „alles im Griff hat"*

SERVICE | Hotel Cipriani & Palazzo Vendramin, Giudecca 10, Anlegestelle Zitelle. | Das Hotel hat einen eigenen Bootssteg mit Fährservice zum Markusplatz. | Telefon 041-5207744 | Internet: www.hotelcipriani.com

Julia Roberts und Anne-Sophie Mutter haben sicherlich den Palazzo Vendramin bevorzugt. Für den einzigartigen Blick auf San Marco, den eigenen Garten und den Butler, der auf Wunsch in der eingebauten kleinen Küche zu jeder Zeit eine kleine Mahlzeit anrichtet, werden mindestens 1650 Euro fällig, in der größten Suite und zur Hauptreisezeit bis zu 4500 Euro.

Sollte den Gast der ganze Luxus langweilen, wird ihm selbstverständlich Zerstreuung jeder Art geboten. Im Wellnessbereich „Casanova-Spa" lässt sich herrlich entspannen, ein Tennisplatz ist in der Nähe, und zum 18-Loch-Golfplatz auf dem Lido fährt das hauseigene Boot. Im romantischen Garten ein wenig vor sich hin zu träumen, führt unweigerlich zurück in die Geschichte vergangener Jahrhunderte, als dieser Bereich von den Venezianern „Garten der Köstlichkeiten" genannt wurde. Aus den Reben des angrenzenden Weingartens lassen die „Ciprianis" jedes Jahr rund zweitausend Flaschen Casanova Salso keltern, den der Liebhaber schöner Frauen und guter Getränke sicher auch gern genossen hätte. Auf dem freien Markt ist der Rotwein nicht erhältlich, man muss schon eine besondere Beziehung zum „Dottore" aufbauen.

Wie in vielen Hotels der oberen Kategorie werden Kochkurse für die Gäste angeboten. Dazu reisen prominente Sterneköche an, aber auch der hauseigene Küchenchef wird aktiv. Zunehmender Beliebtheit erfreut sich die jährliche Tee-Akademie, während der auch die letzten Geheimnisse der britischen High-Tea-Zeremonie gelüftet werden.

Und der Renner unter den Kursangeboten ist „Botanica“, ein Lehrgang in Aquarellmalerei mit Motiven aus der Pflanzenwelt.

Partyzone der feinsten Art bietet der alte Kornspeicher Granaio am Ufer des Giudecca-Kanals. Hier feierte Elton John seine Hochzeit im romantischen Licht von Hunderten dicker Kerzen und üppigem Blumenschmuck. Damit trotz der Kerzenwärme kein Schweißtröpfchen den Smoking verunstaltet, wurde im Winter 2006 eine Klimaanlage in den Fußboden eingebaut.

Das Cipriani hat nicht nur eine Wasser-Rezeption, sondern auch ein Wasser-Restaurant. Gleich neben dem Kornspeicher und dem Palazzo Vendramin ragt eine hölzerne Terrasse über den Kanal. Mit Blick auf die Highlights von Venedig genießt man im Cip's ein kleines Angebot von der traditionellen venezianischen Küche bis zur Pizza aus dem Holzofen. Die Kleidung darf hier auch ein wenig lässiger sein als im Restaurant Fortuny, wo dem Herrn ein Sakko aus dem Hotelschrank gereicht wird, wenn er auf sein eigenes im Urlaub verzichtet hat.

Mittags speist man hervorragend am Pool – ganz wie Vice-Questore Patta es zu tun pflegt. Unbedingt probieren sollte man das Carpaccio – laut hoteleigener Information wurde es in der Hotelküche erfunden aus Anlass einer Gedenkfeier für den Maler Vittore Carpaccio. Wer nun glaubt, er hätte darüber schon einmal eine andere Version gehört, dem wird die Lektüre des folgenden Kapitels über Harry's Bar empfohlen. Während man noch genüsslich seinen „Caffè danach“ trinkt, kann man den unermüdlichen Direktor bei einer erneuten Plauderrunde beobachten, mitten zwischen weißen Bademänteln und der schräggestreiften Krawatte des Geschäftsmannes, der seinen Gast hier verwöhnen lässt. Wie hieß es am Anfang dieses Kapitels? Ein Zuhause!

Harry's Bar

In fast jedem Reiseführer steht sie, diese Geschichte einer Männerfreundschaft. Aber schon unsere Mütter und Großmütter haben uns Abend für Abend dieselben Geschichten erzählt – warum soll nicht auch dieses Märchen immer wieder erneut erzählt werden? Es war einmal ein tüchtiger, ideenreicher Barkeeper. Abend für Abend bediente er in einem Luxushotel in der Provinzstadt Venedig die Gäste und plauderte mit ihnen. Giuseppe Cipriani, so hieß der Kenner bunter Getränke, hatte einen Traum: sein eigenes Lokal, in dem er seine kreativen Ideen umsetzen konnte. Leider fehlte ihm dazu das nötige Kapital. Einem jungen Amerikaner, der eigentlich viel mehr Geld besaß als er in Venedig ausgeben konnte, half er großzügig aus einer akuten Klemme. Dieser revanchierte sich mit einem hübschen Sümmchen, und der Traum vom eigenen Lokal wurde wahr. Bescheiden nannte Giuseppe es Harry's Bar, um sich in ewiger Dankbarkeit seines Gönners Harry Pickering zu erinnern. Sogar seinem Sohn und späteren Nachfolger gab er den Namen des Amerikaners, allerdings in der italienischen Variante Arrigo.

Fleiß und Ideen zahlten sich aus, und schnell entwickelte sich die Bar zu einem beliebten Treffpunkt. Ernest Hemingway, der längere Zeit in Venedig lebte und Harry's Bar zu seinem Stammlokal erklärte, begründete den Kultstatus. Auf der Insel Torcello erwarb der pfiffige Giuseppe 1948 ein altes Bauernhaus und verwandelte es in ein stilvolles Landhotel. Hier fand Ernest Hemingway die ersehnte Ruhe, um seinen Roman „Über den Fluss und in die Wälder“ zu vollenden.

Küche und Theke in Harry's Bar entwickelten sich zur Ideenschmiede. Und wieder tauchen wir in die Welt der Märchen ein: Als eine Stammkundin, es soll die Contessa Mocenigo gewesen sein, darüber klagte, dass der Arzt ihr verboten habe, gebratenes Fleisch zu essen, wusste der Küchenchef eine Lösung: Er hobelte hauchdünne Scheiben vom rohen Rinderfilet, arran-

gierte die dunkelroten Scheibchen malerisch auf einem weißen Teller, und das Carpaccio war geboren. Carpaccio? War das nicht ein venezianischer Maler? Richtig! Als Giuseppe, der Kunstliebhaber, das „Kunstwerk" aus seiner Küche auf dem Teller sah, erinnerte es ihn an die satten Rottöne, die alle Bilder des Malers unverwechselbar identifizieren.

Unverwechselbar ist auch der Bellini, der Aperitif aus püriertem weißen Pfirsich, aufgefüllt mit sehr kühlem Prosecco (und nie, wirklich nie ein gleichnamiges Fertigprodukt kaufen, igitt!). Das Selbst-Mixen ist natürlich erlaubt, und für die stolzen achtundzwanzig Euro, die das Gläschen in Harry's Bar kostet, kann man im eigenen Garten vor der Grillparty die Nachbarn doppelt und dreifach abfüllen. Aber da sitzt man natürlich nicht in einer dunklen Gasse in der Nähe des Markusplatzes. Nicht in unmittelbarer Nachbarschaft von Gucci, Missoni und Wenn es Venedig sein muss, achtundzwanzig Euro pro Glas jedoch den ungehinderten Abgang erschweren, kann man den Bellini genau so gut und etwas günstiger in Harry's Dolci auf der Giudecca genießen. Und dabei entspannt am Wasser in der Sonne sitzen.

Zurück zur Männerfreundschaft. Es waren einmal Giuseppe und Harry, mit denen das Märchen begann. Heute nennt der Besitzer Arrigo Cipriani den real amtierenden Vice-Questore (er soll überhaupt nicht aussehen wie Michael Degen!) seinen Freund. Und wenn sie nicht gestorben sind, so leben sie noch heute. In Romanen. Wie denen von Donna Leon.

Abb. oben | *Gesichtskontrolle? Eher Brieftaschenkontrolle!*

Service | Harry's Bar, San Marco 1323, Calle Vallaresso, 30124 Venezia, Vaporettostation Vallaresso | Telefon 041-528577 | Internet: www.cipriani.com

Caffè Florian

Andemo da Florian! (Auf zu Florian!): Schon bald nach der Eröffnung 1720 war diese Parole geprägt. Das Kaffeehaus in exponierter Lage unter den Arkaden am Markusplatz wurde sehr schnell zum Szene-Treffpunkt. Nicht nur der Adel, auch der gut betuchte Kaufmann aus Venedig, dazu Künstler aus aller Welt fühlten sich hier wohl.

So ist es bis heute geblieben, noch immer belebt ein buntes Völkchen dieses traditionelle Café. Und äußerlich hat sich auch nicht viel verändert, wenn man von der Bestuhlung draußen einmal absieht, auf die sich vor zweihundert Jahren sicherlich niemand gesetzt hätte. Draußen sitzen kann man sowieso nur in der warmen Jahreszeit, denn das Florian liegt auf der Schattenseite des Markusplatzes. Draußen sitzen höchstens Touristen, „man" geht selbstverständlich hinein – und auch nicht nach vorne links, wie die freundliche Kellnerbrigade es zunächst gerne zu leiten versucht. „Man" geht entweder vorne rechts in die Sala Orientale oder in einen der hinteren Räume.

Die plüschige Atmosphäre ist genau das, was man braucht in einem barocken Café. Die kitschigen Wandfresken werden von Glasscheiben davor geschützt, damit niemand die Schäferin aus dem Morgenland unter dem Schnabelpantöffelchen kitzelt. Aber roter Plüsch und Kitsch sind ganz herrlich für die Dauer eines Kännchens Kaffee.

Abb. oben rechts | *Wenn draußen die Musik spielt, sind selbst die Kellner vor der Tür*

Abb. links | *Für ein Tässchen Kaffee reicht die Zeit immer*

Service | Caffè Florian, San Marco 56, Piazza San Marco | Vaporettostation Vallaresso | Telefon 041-5205641 | Internet: www.caffeflorian.com

Leider hat sich das gastronomische Angebot der Neuzeit ein wenig zu sehr angepasst. Statt wie früher unter üppigen Torten wählen zu können, gibt es heute Einzeltörtchen. Eine Sünde auf den noch immer gigantischen Silbertabletts, die an allen Seiten über den kleinen Marmortisch ragen, sind die Zuckerbeutel aus Papier. Wehmütig erinnert man sich an eine Auswahl verschiedener Zuckersorten in Silbergefäßen, die in früheren Jahren noch üblich waren. Der Tee in der Silberkanne ist frisch aufgebrüht und genau richtig. Aufmerksam reicht man in der zweiten Kanne heißes Wasser für die individuell richtige Mischung dazu.

Über die Preise ist schon viel diskutiert und wohl noch mehr geschrieben worden. Natürlich ist der Kaffee erheblich teurer als in der kleinen Bar in einer Gasse (im Caffè Quadri auf der Sonnenseite gegenüber nimmt man sogar noch 50 Cent mehr für den Cappuccino). Aber wir wollen doch gerade hier sitzen, in dieser unverwechselbaren Atmosphäre des Markusplatzes von dem einst Kaiser Napoleon während seiner kurzen Regentschaft sagte: „Der schönste Salon Europas, dem als Decke zu dienen nur der Himmel würdig ist.“

Abb. rechts | *Wohnst du noch, oder residierst du schon?*

Hotel Gritti Palace

Andrea Gritti war der siebzigste venezianische Doge. Im Jahr 1525 erteilte er den Auftrag, für ihn am Campo Santa Maria del Giglio einen Palast zu bauen. Die Familie Gritti lebte auch nach dem Tod des Dogen weiterhin in dem großzügigen Palazzo, bis er 1585 dem amtierenden Papst Sixtus V. geschenkt wurde. Der Vatikan nutzte das repräsentative Haus gern für Gäste und als Botschaftsgebäude.

In den folgenden Jahrhunderten bewohnten mehrere adlige Familien den Palast, bis 1814 erneut die Familie Gritti einzog. Zu Beginn des 20. Jahrhunderts nutzte man den Palazzo erstmals als Hotel, in seiner heutigen Grundform besteht es seit 1948. Ernest Hemingway lebte ein Jahr später für längere Zeit in Venedig. In diesem neuen Hotel in alten Mauern saß er an seinem Schreibtisch, blickte aus drei Meter hohen Fenstern auf den Canal Grande und fand die Inspiration zu seinem Roman „Über den Fluss und in die Wälder“. Er nannte das Gritti „das beste Hotel in einer Stadt hervorragender Hotels.“

Viele der hochkarätigen Theaterleute, die Commissario Brunetti vernimmt, wohnen im Hotel Gritti. Einige reagieren auf seine Frage nach ihrem hiesigen Domizil verwundert. Man wohnt selbstverständlich im Gritti, wo sonst?

Service | Hotel Gritti, Palace San Marco 2467, Campo Santa Maria del Giglio | Vaporetto-station Santa Maria del Giglio | Telefon 041-794611 | Internet: www.luxurycollection.com/grittipalace

Neben dem Schreiben war der Alkohol Hemingways zweite große Leidenschaft, und der Weg vom Hotel Gritti zu Harry's Bar war kurz. Beiden verhalf er zu Kultstatus, und noch heute lassen amerikanische Schriftsteller ihre Protagonisten vorzugsweise im Hotel Gritti wohnen. Wie antworteten die Künstler aus dem Teatro La Fenice auf die Frage des Kommissars nach ihrem Aufenthaltsort? Gritti – wo sonst?

Die lange Liste prominenter Gäste bestätigt es: Igor Strawinsky wohnte hier genau so gern wie Yehudi Menuhin, Herbert von Karajan, Luciano Pavarotti und Andrew Lloyd Webber. Mitglieder des europäischen Hochadels und führende Politiker fühlten sich ebenso wohl wie die Großen des Show-Geschäftes: Sir Peter Ustinov, Cathérine Deneuve, Robert de Niro und Mick Jagger.

Die Rückseite des Palazzo Gritti liegt am Canal Grande zwischen der Accademia-Brücke und dem Dogenpalast. Unter den blau-weiß gestreiften Markisen auf der Terrasse direkt über dem Wasser eine Mahlzeit einzunehmen, gehört zu den besonderen Erlebnissen. Im Sonnenschein, mit Blick auf die gegenüberliegende Kirche Santa Maria della Salute, sollte man vielleicht ein Fischgericht probieren, das auch Guido Brunetti liebt. Coda di Rospo klingt in der wörtlichen Übersetzung Krötenschwanz zunächst wenig appetitlich, stellt sich jedoch als Seeteufel heraus. Der Fisch ist auf die Sekunde perfekt zubereitet, der dazu gehörende gegrillte Radicchio aus Treviso schmeckt köstlich. Wer diese traditionell venezianische Kombination aus Fisch und Gemüse schon anderswo probiert hat, wird die gekonnte Zubereitung durch den Küchenchef des Hotels Gritti schätzen.

Ist es zu frisch für das Open-Air-Spektakel auf dem Canal Grande, bietet das Innere des Hauses einzigartige historische Eleganz. Keinesfalls versäumen sollte man vor dem Essen einen Aperitif in der Bar Longhi. Gäbe es nicht die Theke mit dem Angebot des 21. Jahrhunderts, könnte man sich in den kleinen Salon des Adelspalastes zurückversetzen. Zwischen erlesenen Antiquitäten unter Muranoglasleuchtern einen schönen Abend mit einem Glas Prosecco zu beginnen – das hat Stil. Das angrenzende Restaurant Club del Doge verdient nur ein Attribut:

aristokratisch! Nichts wirkt übertrieben, die Tische sind mit feinstem weißen Leinen gedeckt, Besteck und Gläser funkeln, das Porzellan ist edel, aber schlicht. Der Chef des Restaurants ist ausgesprochen liebenswürdig, hat kein Problem mit persönlichen Wünschen des Gastes. Die Küche hat sich den traditionellen venezianischen Gerichten verschrieben, schnörkellos, ohne phantasievolle Gemälde auf dem Teller oder „mit einem Hauch von". Nur allererste Qualität kommt hier in die Küche, und das schmeckt man auch. Das Steinpilzrisotto duftet so intensiv, dass man den Waldboden unter den Füßen zu spüren meint.

Eine Spezialität des Hauses ist das Traditionsgericht Pasta e Fagioli, eine dicke Bohnensuppe mit Nudeleinlage. Guido Brunettis Schwiegervater, der Conte Orazio Falier, isst diese Spezialität jedes Jahr zum Redentore-Fest. Paolas Rezept dafür gibt es am Ende dieses Kapitels.

Es wundert nicht, dass historisches Ambiente und Spitzenqualität auch adlige Preise fordern. Ein Hauptgericht kostet rund fünfzig Euro, für ein Abendessen zu zweit muss man mit etwa zweihundertfünfzig Euro rechnen. Mehrmals im Jahr lädt der Küchenchef in seine Kochschule ein. Gemeinsam mit den „Schülern" wird auf dem Rialto-Markt eingekauft, wobei die Frische- und Qualitätsmerkmale erklärt werden.

In zweiundachtzig Zimmern und neun Suiten können Venedig-Besucher den Luxus des Gritti-Palace genießen. Die hohen Räume sind mit edlen Stoffen und Möbeln, teilweise Antiquitäten, ausgestattet, sehr harmonisch in den Farben. Nur aus einigen Zimmern genießt man den Blick auf den Canal Grande, aber auch die Zimmer zum Campo Santa Maria del Giglio haben ihren Reiz. Natürlich bleibt kein Wunsch offen, und wenn der Gast noch nachts den Canal Grande beobachten will, das Zimmermädchen wird auch diesen Wunsch respektieren und die schweren Vorhänge am Abend nicht schließen.

Dem aristokratischen Ambiente angepasst sind natürlich die Preise: In der günstigsten Reisezeit muss man für eine Übernachtung im Doppelzimmer etwa 500 Euro zahlen, in der Hauptsaison kostet eine Nacht in der Hemingway-Suite rund 5.000 Euro. Sondertarife sind per Internet buchbar.

Abb. links | *Nicht hier wohnen Paola Brunettis Eltern, aber gleich gegenüber*

Die Paläste der Falier

Über drei Wohnhäuser der Familie Falier, im Roman Brunettis Schwiegereltern, gilt es zu berichten: In Cannaregio, in der Nähe des Rio dei Santi Apostoli, liegt der Palazzo Falier, erbaut im 13. Jahrhundert. Er soll dem Dogen Marino Falier gehört haben, der wegen Hochverrats enthauptet wurde. Einen zweiten Palazzo Falier findet man in San Marco, direkt am Canal Grande, an der Einmündung des Rio del Duca. Unverwechselbare Besonderheit dieses gotischen Palastes sind zwei originelle, später angebrachte Vorbauten an beiden Seiten der Fassade, man könnte sie Wintergärten aus der Renaissance nennen.

Immer, wenn Guido Brunetti mit seinen Ermittlungen feststeckt, fällt ihm sein Schwiegervater, der Conte Orazio Falier ein, dessen weitreichende Verbindungen in alle Welt er dann gerne nutzt, um an Informationen zu gelangen. Er bezeichnet ihn als einen der reichsten Männer Venedigs, wahrscheinlich sogar ganz Italiens.

Und dann gibt es noch den fiktiven Palazzo Falier aus den Brunetti-Krimis. Die Autorin lässt ihre Romanfiguren zumeist völlig authentische Wege durch Venedig laufen, den Palazzo, in dem Brunettis Schwiegereltern wohnen, verlegt sie jedoch nach Dorsoduro. Ihrer Wegbeschreibung nach dürfte er dem tatsächlichen Falier-Palast in San Marco schräg gegenüber auf der anderen Seite des Canal Grande liegen: „...kamen die

Gäste zu Fuß, entweder von Cà Rezzonico, der nächsten Vaporetto-Haltestelle, oder aus anderen Stadtteilen." (Donna Leon, Venezianisches Finale, Seite 143).

„Auch Brunetti und Paola gingen zu Fuß, vorbei an der Universität," (das ist die Cà Foscari) „dann über den Campo San Barnaba und links an einem schmalen Kanal entlang, der sie zum Seiteneingang des Palazzo führte." Da der Palast am Canal Grande liegen soll, kommt am ehesten der Palazzo Moro für diese Wegbeschreibung in Betracht.

Paläste in Venedig

Für die Venezianer gibt es nur einen einzigen „Palazzo" in Venedig: den Dogenpalast. Alle anderen herrschaftlichen Wohnhäuser nennt man schlicht Cà für casa (Haus). Dass in den meisten Reiseführern und Romanen trotzdem das Wort Palazzo verwendet wird, hat ganz einfache, im Tourismus begründete Ursachen. Wenn ein Hotel in einem „Palazzo aus dem 14. Jahrhundert" liegt, macht sich das einfach besser, als wenn es beispielsweise Cà Venezia hieße. Ein schönes Beispiel für das ambivalente Verhältnis der Venezianer zu den Touristen.

Paola und Guido Brunetti sind bei den Faliers zu einem Empfang eingeladen. Zunächst kann der Commissario seinen Schwiegervater über die Finanzlage des verstorbenen Dirigenten ausfragen. Unter den Partygästen treffen sie Padovani, einen ehemaligen Verehrer Paolas. Inzwischen ist er ein gefürchteter Kunstkritiker.

Die Mehrzahl der Paläste Venedigs stammt aus dem 14. bis 16. Jahrhundert, aber auch im 18. Jahrhundert entstanden weitere Wohnhäuser für die adlige Gesellschaft. Die bedeutendsten und wichtigsten Familien bauten selbstverständlich am Canal Grande. „Man" wohnte an der wichtigsten Verkehrsader der

Stadt. Die großen Wohnhäuser an den Seitenkanälen waren zumeist wohlhabenden Kaufleuten vorbehalten.

„…den unbedeutenderen Familien, den dicken Kaufleuten, die ihre bescheideneren Palazzi an den kleineren Kanälen bauten, gleich über ihren Warenlagern, wo sie wie nistende Vögel in engem Kontakt mit ihrem Reichtum leben konnten.“ (Donna Leon, Feine Freunde, Seite 226)

Alle Baustile von der Gotik über die Renaissance bis zum Barock sind stark geprägt von orientalischen Einflüssen und fügen sich so zu einem Gesamtbild, dem venezianischen Baustil. Augenscheinlichstes Merkmal der äußeren Fassaden sind eng zusammenliegende, schmale, hohe Fenster mit Rundbogen. Den Balkonen vorgesetzt finden sich schlanke Säulen, dicht nebeneinander, die den Eindruck eines Arkadenganges erwecken. Im oberen Abschluss der Säulen, über und zwischen den Kapitellen, tobt sich

Abb. links | *Auf den Palazzo Da Lezze haben spätere Generationen noch eine Etage oben aufgesetzt*

Abb. unten links | *Seit fast eintausend Jahren das Zentrum der venezianischen Macht: der Dogenpalast*

die byzantinische Schmuckarchitektur aus, am eindruckvollsten im Stil der Hochgotik und der nachfolgenden Renaissance.

Im venezianischen Palast stellt das erste Obergeschoss, das Piano Nobile, die Empfangsräume, von außen erkennbar hinter den dicht zusammenstehenden Fenstern. In

Abb. oben | *Wir sind leider nicht bei den Faliers eingeladen, aber hier trinken wir auch gern Prosecco*

den oberen Etagen finden sich private Wohn- und Gästeräume. Gelegentlich sieht man von außen eine Geschossreihe, die niedriger wirkt als die übrigen. Das Piano Rialzato war geplant als Wohn- und Arbeitsräume für die Bediensteten sowie für Lagerräume – aus verständlichen Gründen gibt es in Venedig keine Keller! Im unteren Geschoss an der Wasserseite liegt der frühere Haupteingang, ein großes Tor für die Einfahrt eines Bootes oder ein Anlegesteg. Die ganze untere Etage diente als Lagerraum. Vor diesem Wassereingang liegen auch heute noch Boote – Motorboote allerdings. Und gelegentlich sieht man die Contessa oder den Museumsdirektor vor dem Tor ein Boot besteigen, das selbstverständlich von einem Führer gesteuert wird.

Der Seiteneingang des venezianischen Wohnhauses, früher Dienstboten und Lieferanten vorbehalten, ist heute zumeist der Haupteingang. Er liegt in der Regel an einem kleineren Stichkanal mit Ufer oder in einer Gasse. Häufig findet man eine massive Holztür in einer schlichten Außenmauer, daneben eine Klingelanlage in edlem Material und modernster Technik. Hat man es geschafft, dass die Tür sich öffnet, steht man in einem gepflasterten Innenhof, oft mit einem uralten Steinbrunnen. Erst dahinter befindet sich das eigentliche Gebäude. Zumeist führt von hier eine Außentreppe aus Stein in die oberen Räume des Palastes. In unserem Roman liegen „am oberen Ende der Treppe links..." des Palazzo Falier die drei großen Empfangsräume. Paola und Guido gehen durch einen Spiegelgang in den ersten Saal mit Kronleuchtern aus Muranoglas, in dem ein Trio Musik von Vivaldi spielt. Hier werden sie vom Conte Orazio Falier empfangen.

Über das Haus des Conte Falier sagt Guido Brunetti: „... ein riesiges, weitläufiges Gemäuer am Canal Grande, das im Winter buchstäblich unbeheizbar war und vor dem bevorstehenden Kollaps nur durch die Dauerdienste einer Schar von

Maurern, Klempnern und Elektrikern bewahrt wurde, die dem Conte bei der venezianischen Dauerschlacht gegen die unerbittlichen Mächte von Zeit, Gezeiten und industrieller Luftverschmutzung bereitwillig zur Seite standen." (Donna Leon, Venezianisches Finale, Seite 120).

Wenn Paola kocht …

Pasta e fagioli: Bohnensuppe mit Nudeln

Zum Redentore-Fest isst der Conte Pasta e Fagioli. In keinem von Donna Leons Romanen ist die Rede davon, dass Paolas Eltern zum Essen die Familie ihrer Tochter besuchen. Vielleicht isst der Conte das uralte venezianische Nationalgericht auch im Hotel Gritti mit Blick auf den Canal Grande. Aber auch die zwischen Tradition und Revolution schwankende Paola Brunetti wird ihre Familie mit Pasta e Fasioi beglücken, wie es auf venezianisch heißt.

Am Abend zuvor weicht man fünfhundert Gramm getrocknete weiße Bohnen in Wasser ein und gießt sie am kommenden Tag ab. Man schneidet zwei Möhren, eine Zwiebel und eine Stange Sellerie in kleine Stückchen und kocht Gemüse und Bohnen in zwei Litern Wasser auf. Drei Lorbeerblätter, zwei Stängel Rosmarin, Salz und Pfeffer gehören unbedingt dazu. Brunettis essen gern Fleisch, also wird Paola frisches oder geräuchertes Fleisch mit Knochen mit dem Gemüse aufkochen. Die vegetarische Variante schmeckt jedoch genauso gut.

Nach zwei Stunden werden Fleisch, Lorbeerblätter und die Kräuterstängel herausgefischt, und man entnimmt mit einer Schaumkelle etwa ein Viertel der Bohnen. Der Rest wird püriert und nach Bedarf mit Gemüsebrühe abgeschmeckt. Dann fügt man die ganzen Bohnen wieder hinzu. Inzwischen sind ein halbes Pfund Pasta, Tagliatelle oder Taglioni, bissfest gekocht worden und kommen mit den geschnittenen Fleischstücken ebenfalls in den Suppentopf.

Hintergrund | *Wohnen in Venedig im 21. Jahrhundert*

In Venedig leben heute weniger als siebzigtausend Einwohner. Viele ehemalige Bürger der Stadt haben ihre Häuser verkauft oder vermietet und sich mit den stattlichen Gewinnen auf dem Festland angesiedelt. Die Venezianer beklagen, dass kaum mehr Einheimische im Zentrum der Stadt leben. Wenn die Gebäude nicht vererbt wurden, ist das Wohnen in renovierten Häusern für den Normalbürger kaum bezahlbar, in den übrigen lässt der Wohnkomfort zu wünschen übrig. So finden sich heute in den meisten Gebäuden im Zentrum Ämter, Banken oder touristische Infrastruktur mit Museen, Geschäften, Restaurants und Hotels.

In ihrem Roman „Beweise, daß es böse ist“ beschreibt Donna Leon auf Seite 99, dass nach dem Tod der letzten Besitzerin ein Haus sehr schnell notdürftig renoviert wurde, um es als Appartement-Haus an Touristen zu vermieten: „...die Wohnung war in aller Eile renoviert worden. Bei näherem Hinsehen entpuppten sich die vermeintlichen Ahornmöbel als billiges Resopal, genau das, was ein Hausbesitzer in eine Wohnung stellen würde, die er wochenweise zu vermieten beabsichtigte.“

Beliebte Wohngegenden in Venedig sind die Stadtviertel Cannaregio, Castello und Dorsoduro. Ganze Neubaukomplexe mit modernem Komfort sind auf der Giudecca entstanden. Der Altstadtkern von San Marco ist hingegen fast ein einziges Museum und lebhaftes Geschäftsviertel. Doch plötzlich steht man auch hier in einer stillen Gasse, von Wäscheleinen überspannt, und es finden sich acht verschiedene Namen neben den Klingeln.

Abb. unten | *Kein Museum, keine Bank, aber große Wäsche am Campo Santa Marina*

Brunettis Wohnhaus

Der Kommissar wohnt im Stadtteil San Polo in einem Palazzo aus dem 15. Jahrhundert. Seine Wohnung liegt im vierten Stock, vierundneunzig Stufen hoch. Der Wegbeschreibung nach ist es die Calle San Angelo, auf dem Straßenschild in venezianisch Calle de L'Anzolo. Am Ende der Sackgasse liegt mit der Nummer 881 ein altes Haus, die vierte Etage ist nachträglich aufgesetzt, wie in „Feine Freunde" auf Seite 14 beschrieben. Das oberste Geschoss ist kleiner als die Grundfläche des Gebäudes, so dass Platz für eine Dachterrasse geschaffen wurde. Interessanterweise steht neben einer Klingel der Name „Vianello", so heißt in Donna Leons Romanen der engste Mitarbeiter des Kommissars. Familie Brunetti isst gern gemeinsam auf der Dachterrasse. Auf den Canal Grande, wie die Romanverfilmungen es zeigen, blickt man von hier aus allerdings nicht.

Wenn Paola kocht …

Huhn mit Artischocken

Als Guido Brunetti nach Hause kommt, riecht es im Treppenhaus nach Rosmarin und Knoblauch. Er freut sich auf Huhn und Artischocken. Bestimmt hat Paola das frische Huhn auf dem Rialtomarkt gekauft. Bei einem kleinen Schwätzchen mit der bekannten Kundin wird es dort auf Wunsch direkt in Einzelteile zerlegt.

Man brät die gesalzenen Geflügelteile nacheinander an und lässt sie im Backofen rund zwanzig Minuten mit etwas Geflügelfond schmoren. Von den Artischocken hat der Gemüseverkäufer bereits die äußeren Blätter entfernt und die obere Hälfte abgeschnitten. Man kappt noch den Stiel, halbiert die Früchte der Länge nach, brät sie auf der Schnittfläche in Olivenöl an und gibt gehackte Petersilie darüber. Mit einem Schuss

Weißwein, Salz und Pfeffer wird genau das Aroma erreicht, das Familie Brunetti liebt. Artischocken benötigen rund fünfzehn bis zwanzig Minuten sanftes Köcheln, bis sie die richtige Konsistenz haben. Vor dem Servieren rührt man noch etwas Sahne in die Fleischpfanne und schmeckt mit ein paar Tropfen Zitronensaft ab. Zitronenscheiben oder -achtel machen nicht nur optisch einen guten Eindruck beim Anrichten, ein paar Tropfen schmekken auch zum Gemüse.

Die Wohnung von Brett Lynch

Privater Besitz ist heute häufig in der Hand von vermögenden Ausländern, wie auch in unserem Roman die Wohnung von Brett Lynch: „...die Wohnung hat sie von einem Onkel geerbt, der sie vor etwa fünfzig Jahren beim Kartenspiel gewonnen hat." (Donna Leon, Venezianisches Finale, Seite 287). Bei seinem ersten Besuch in der Calle della Testa in Cannaregio ist Brunetti erstaunt über den riesigen, hellen Raum im Dachgeschoss, den er auf hundertfünfzig Quadratmeter schätzt. Er denkt darüber nach, wie Signora Lynch wohl an die Genehmigung gekommen ist, die großen Oberlichter einzubauen. Brett Lynch erzählt freimütig, dass es sie zwölf Millionen Lire Bestechungsgeld gekostet habe, aber das schon vor zwei Jahren, „...inzwischen sind die Preise gestiegen." (Seite 101).

Bei dem Treffen mit Padovani erfährt Brunetti die dazugehörenden Details: Ohne offizielle Genehmigung habe Brett Lynch keine Handwerker gefunden. So sei sie selbst

Der Commissario trifft sich mit Padovani im Restaurant zum Mittagessen. Sie sprechen über die Sängerin Flavia Petrelli und deren amerikanische Freundin Brett Lynch, die in Cannaregio in einer komfortablen Wohnung lebt.

Abb. rechts | *Traumhafte Ausblicke von den Terrassen. Denkmalschutz? Muss man nur bezahlen können!*

Abb. unten | *Neue Fenster in der Calle della Testa, Cannaregio 6134, frei nach dem Motto: Selbst ist die Frau, auch beim Schmiergeld*

aufs Dach gestiegen und habe das Mauerwerk soweit eingeschlagen, dass eine Ausbesserung unumgänglich war. Danach habe sie sich selbst angezeigt. Das Stadtplanungsamt schickte Beamte vorbei, die nach dem Aufmaß der Fenster die Strafe nach deren Größe berechneten – eine interessante venezianische Variante des Bußgeldkatalogs!

Betrachtet man die Paläste und Wohnhäuser mit wachen Augen, findet man zahlreiche Beispiele, die tatsächlich einen merkwürdigen Umgang mit dem Denkmalsschutz dokumentieren. Am Canal Grande sieht man einen frisch renovierten gotischen Palazzo mit hellbraunem Fensterholz in der obersten Etage, während alle Spitzbogenfester darunter von sehr dunklem Holz eingefasst sind. Den obersten Etagen sieht man sehr häufig an, dass sie nachträglich aufgesetzt wurden. Und die teilweise freischwebend wirkenden Dachterrassen aus Holz oder Metall sind sicherlich traumhaft für die Bewohner, sehen aber wie Fremdkörper aus.

Auf eigene Faust: Zu Fuß von Brunettis Wohnung bis zum Zattere

Brunetti möchte auf der Giudecca noch einmal Signora Santini befragen. Wegen des dichten Nebels ist er sicher, dass der Bootsverkehr auf dem Canal Grande eingestellt worden ist. Daher geht er zu Fuß von seiner Wohnung in San Polo quer durch die Stadtteile San Marco und Dorsoduro bis zum Zattere, um dort ein Boot zur Giudecca zu besteigen.

Abb. unten | *Diesen Schwertfisch gibt es bei Brunettis, allerdings erst später …*

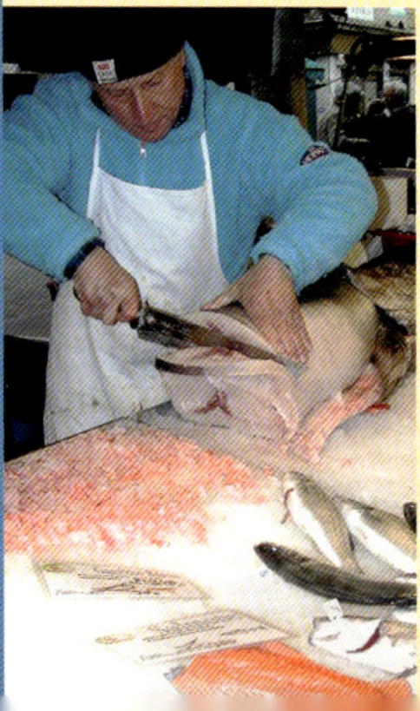

Den Campo de la Beccarie überquert, stehen wir auch schon mitten in der Pescheria, dem berühmten Fischmarkt. Von dienstags bis samstags ist der Markt geöffnet, schon sehr früh morgens bis etwa zwölf Uhr. Gleich nebenan in der Calle Occhialera liegt Brunettis und unsere Lieblingsbar Do Mori. Es ist noch früh am Morgen und zu früh für eine *Ombra* oder ein paar *Cichetti*, daher biegen wir ab in die *Ruga dei Speziali* (auf dem Straßenschild steht in venezianisch *Spezieri).* Auch Signora Brunetti wird hier ihre Einkäufe erledigen. In Haus Nr. 315 gibt es eine *Macelleria*, eine Metzgerei. Vielleicht hat sie hier bei *Gianni* die Lammkoteletts gekauft (Acqua alta, Seite 88).

Die Ruga mündet direkt auf die Rialtobrücke. Rechts und links auf dem mittleren Gang drängeln sich Touristen, denn neben dem Markusplatz ist die Brücke die Hauptattraktion der Stadt, vor allem für Tagesbesucher. Zahlreiche kleine Geschäfte bieten den Besuchern das klassische Souvenirsortiment. Es gibt zwei äußere Wege über die Brücke, von denen man einen herrlichen Blick über den Canal Grande und seine Paläste hat.

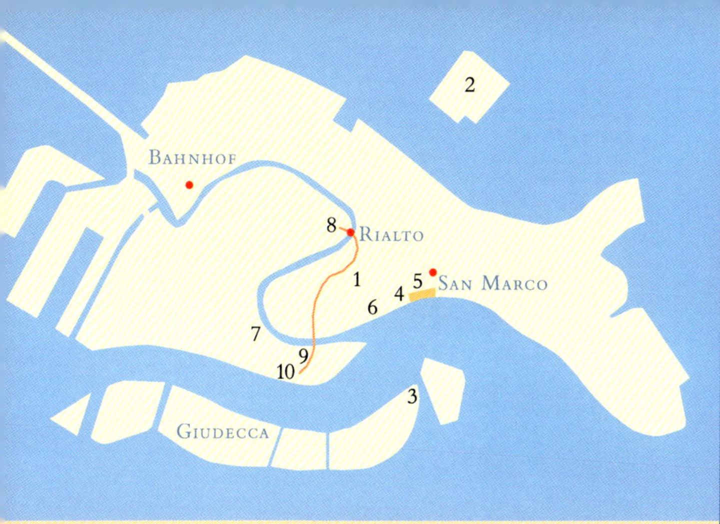

1 Teatro La Fenice | 2 Friedhof San Michele | 3 Hotel Cipriani | 4 Harry's Bar | 5 Caffè Florian | 6 Hotel Gritti | 7 Palazzo Falier (Romanversion) | 8 Wohnung Brunetti | 9 Accademia Brücke | 10 Zattere

Am anderen Ufer, in San Marco, liegt links neben der Brücke der mächtige Bau des Fondaco dei Tedeschi, dem ehemaligen Handels- und Wohnhaus deutscher Kaufleute. Ein Wappen mit dem Schriftzug *Germanicis* und dem deutschen Adler erinnert an seine frühere Nutzung. Heute beherbergt das Gebäude die Hauptpost, und man sollte den kleinen Abstecher in seinen prächtigen Innenhof nicht scheuen.

Wir gehen durch ein *Sotoportego*, das ist ein überdachter Durchgang zwischen zwei Häusern, der in den Romanübersetzungen immer „Unterführung" genannt wird. In diesem hat der Commissario im Roman „Verschwiegene Kanäle" einen heftigen Zusammenstoß mit einem Kadetten. Über den Campo San Bartolomeo geht es rechts die Via 2 Aprile entlang. Vorbei am Teatro Goldoni laufen wir links bis zum Campo San Luca, und spätestens hier ist es Zeit für eine Pause. Bei Rosa Salva ist der Kaffee genau so berühmt wie die leckeren *Dolci* (Gebäck und Törtchen). Durch die Salizzada San Luca sind wir schnell auf dem Campo Manin. Die in „Feine Freunde" als „Schandfleck"

bezeichnete *Cassa di Risparmia* ist ein moderner Sparkassenbau, wie die europäische Nachkriegsgeneration ihn gewöhnt ist. Gern wendet der DOGE MANIN auf hohem Sockel der Bank den Rücken zu und schaut lieber auf sein ehemaliges Wohnhaus. Ein unbedingtes Muss für Venedig-Besucher ist hier eine kleine Abweichung vom direkten Weg zum PALAZZO CONTARINI DEL BOVOLO (*Bovolo* ist die venezianische Bezeichnung für Schnecke oder Spirale). Vom Campo Manin aus weisen Schilder den Weg. Dem Gebäude vorgebaut ist eine einzigartige Wendeltreppe in Form eines Arkadenganges. Von der obersten Etage kann man einen herrlichen Blick über die Dächer der Stadt bis zu den Kuppeln des Markusdoms genießen. Das Haus ist nur am Wochenende geöffnet, aber auch die Außenansicht ist lohnenswert, ein Foto muss sein. Ein weiterer Abstecher wäre jetzt möglich zum Palazzo Pesaro degli Orfei, um in dem dort beheimateten FORTUNY-MUSEUM Stoffe, Lampenschirme, Fotos und Gemälde des Meisters zu bewundern.

Zügig weiter geht es über die großen Plätze Campo Sant' Angelo, Campo Santo Stefano. Hier wird im CAFFÈ PAOLIN ein kleines Hörnchen Gianduia-Eis empfohlen. Etwas versteckt liegt am Ende des Campo Santo Stefano die Musikhochschule – einfach den Tönen folgen! Hier, im ehemaligen Palazzo Pisani, trifft

Abb. oben | *Im Schneckengang hinauf zur schönen Aussicht*

Abb. rechts | *Auf der anderen Seite der Brücke liegt das berühmte Museum Gallerie dell' Accademia*

Guido Brunetti den Musikdozenten Professore Rezzonico, der ihn über die Opernszene der Stadt aufklärt. Gleich hinter dem Campo San Vidal sehen wir schon die hölzerne Accademia-Brücke. Erst seit rund 150 Jahren kann man hier zu Fuß den Canal Grande überqueren. Auf der anderen Seite der Brücke, im Stadtteil Dorsoduro, stehen wir vor dem gewaltigen Komplex des Kunstmuseums Accademia. Um die unglaubliche Sammlung von Kunstschätzen zu bestaunen, sollte man sich einen halben Tag Zeit nehmen.

Uns zieht es zum meistens sonnigen Ufer der Zattere (wenn nicht, wie im Roman, der Nebel alles verhüllt), deshalb wählen wir den Rio terrà A. Foscarini. Diese ungewöhnlich breite Straße liegt über einem zugeschütteten Kanal. Über den Campo San Agnese sind wir an der Kirche I Gesuati (Santa Maria del Rosario) angekommen.

Die streng palladianische Fassade der Kirche I Gesuati weist zum Giudecca-Kanal. Die breite Uferpromenade, die Fondamenta delle Zattere lädt bei schönem Wetter zum Bummeln ein.

Das Eis aus Nicos Gelateria verschmähen wir heute ausnahmsweise, ebenso die Holzterrasse des Ristorante *La Piscina*. Das Lokal gehört zur Pension La Calcina, die sich auch Ruskin's House nennt. Der englische Kunstexperte John Ruskin lebte hier während eines seiner zahlreichen Venedig-Aufenthalte im 19. Jahrhundert. Wir haben uns jetzt einen *Spritz* verdient, eine Mischung, die hinter jeder Theke ein wenig anders kreiert wird. Die Basis ist frischer Weißwein mit einem Schuss *Campari* (bitter) oder *Apérol* (leicht süß) und Sodawasser aus dem Schlauch (daher der Name *Spritz*).

Der Commissario, auf dessen Spuren wir diesen langen Marsch gemacht haben, hatte es eiliger als wir, er hatte nicht einmal Zeit für einen *Caffè*, sondern bestieg am Anleger Zattere „ein Vaporetto der Linie acht oder fünf", um auf die Giudecca zu fahren. Leseratten sollten die Linie einundvierzig, zweiundvierzig oder zweiundachtzig wählen, wenn sie auf die Giudecca fahren möchten – die fünf oder acht stehen nicht im Fahrplan!

Krimi-Schauplätze in „Acqua alta“

Wie lange wird es Venedig noch geben?

Was macht den Zauber dieser Stadt aus, fragen sich Menschen seit Generationen, seit Jahrhunderten. Natürlich ist es die anmutige Mischung verschiedener Baustile, der man einen kräftigen Schuss orientalischen Zaubers beigemischt hat. Dass diese märchenhafte Symbiose aus Orient und Okzident mitten im Wasser steht, verstärkt den Eindruck von Unwirklichkeit, widerspricht sie doch scheinbar allen sonstigen architektonischen Bemühungen um Stabilität, Haltbarkeit, Dauer und Sicherheit.

„... Venedig wäre nicht Venedig, wenn es nicht im Meer läge. Die leuchtend frischen, jubelnden Farben des bewegten Meeres würden Venedig seinen eigensten Schmuck rauben: das Verschleierte, Traumhafte, verborgen Schillernde der Farben.“ (Hermann Hesse)

In den engen Gassen der Stadt sieht man nur selten Bäume – aber die Stadt steht auf einem einzigen riesigen Wald. Hauptsächlich Eichen- und Lärchenstämme sind es, bis zu zwanzig Meter lang, die in den schlammigen Boden gerammt wurden. Für den Bau des Dogenpalastes sollen über eine Million Stämme verarbeitet worden sein. Im Salzwasser ohne Sauerstoffzufuhr versteinern sie mit der Zeit und bilden so mit zwei horizontalen Balkenschichten und einem gemauerten Aufbau in der Höhe des Wasserspiegels ein stabiles Fundament.

Abb. links | *Ohne Gummistiefel ist der Bewegungsradius erheblich eingeschränkt*

Der ständige Wechsel des Wasserstandes durch die Gezeiten bewirkt jedoch eine Lockerung des Meeresbodens und ein stetiges Absinken der Pfähle in den Grund. Messungen haben ergeben, dass die Stadt in den vergangenen einhundert Jahren um fünfundzwanzig Zentimeter abgesackt ist. Gut erkennbar ist dies am Dogenpalast. Dem unteren Säulengang sieht man deutlich an, dass nicht mehr die ursprüngliche Höhe über dem Plateau des Platzes steht. Der venezianische Maler Giovanni Canaletto (1720 bis 1780) hat seine Heimatstadt vielfach sehr detailgetreu gemalt. Wenn man seine Gemälde mit der heutigen Realität vergleicht, erkennt man unzweifelhaft, wie weit die Stadt in zweihundertfünfzig Jahren bereits gesunken ist.

„Die Schiffe, die heutzutage die Stadt heimsuchten, waren ... wahre Ungeheuer ... größer als die Basilika und gefüllt mit Tausenden von ameisengleichen Gestalten, die sich an der Reling drängten, wenn sie heranglitten, anlegten, die Gangways herunterwarfen und ihre Passagiere auf die Stadt losließen.“ (Donna Leon, Feine Freunde, Seite 187) Diesem Prozess wurde vor rund dreißig Jahren noch kräftig Vorschub geleistet, als man für die Industriestandorte in Mestre und Marghera die Fahrrinne für Containerschiffe ausbaute und den Grundwasserspiegel weiter absenkte. Die ständig zunehmende Zahl von Kreuzfahrtschiffen, die den Hafen für ein paar Stunden anlaufen, verschärft diese Situation.

Größte Sorge bereiten die zum Teil schweren Motoren der fast zwanzigtausend Schiffe, die in Venedig angemeldet sind. Je stärker der Motor und je höher die Geschwindigkeit, umso höher ist auch der Wellenschlag, und dem schreibt man zu, dass die Fundamente der Häuser mehr als zuvor bröckeln.

Im November 1966 kam es zu einer verheerenden Sturmflut, die Venedig bis zu zwei Meter hoch unter Wasser setzte. Kräftiger Südostwind, der das Wasser mit der Flut in die Lagune drückt, führt heute immer häufiger zum Hochwasser, dem acqua alta. Tauwasser aus den Alpen und dem Apennin kann die Probleme noch verschlimmern.

Dann rüstet Venedig auf: Drei bis vier Stunden vorher ertönen Sirenen, an den Anlegestellen der vaporetti werden Warnhinweise angebracht und nach einem festgelegten Plan Holzstege aufgebaut, zunächst in San Marco, das am niedrigsten liegt. Auf diesen schmalen Holzwegen ziehen Menschenkarawanen wohlgeordnet in beiden Richtungen aneinander vorbei. Man sieht Touristen mit aufgekrempelten Hosenbeinen bis zu den Knien im Wasser über den Markusplatz stapfen, mit seligem Gesicht, als hätte die Natur ihnen noch ein besonderes Urlaubs-Highlight beschert. Oder sie blockieren fotografierend auf dem schmalen Steg beide Laufrichtungen. Damit schüren sie kräftig den Widerstand der genervten Einheimischen, die trotz Hochwassers pünktlich ihre

„Außerdem, wer weiß, ob sie auf der Piazza die Stege aufbauen? Wenn die Flut schlimm wird, geht sie uns da bis über die Knie. Wir sollten mal einen deutschen Bürgermeister wählen, dann würde so was klappen." (Donna Leon, Acqua alta, Seite 118)

Abb. oben | *Ständig Land unter – wie lange hält eine Stadt das aus?*

Abb. links | *Riesige Fähren und noch gewaltigere Kreuzfahrtschiffe prägen das Bild der Lagune*

Geschäfte und Büros erreichen müssen. Vor hundert Jahren wurde in Venedig ungefähr achtmal im Jahr Hochwasseralarm ausgerufen. Durch die Klimaerwärmung und das Ansteigen des Meerwasserspiegels rechnet man in fünfzig Jahren mit hundert mal acqua alta in jedem Jahr, das heißt an jedem dritten Tag. Zahlreiche Stiftungen, Komitees und Konsortien bis hin zur Unesco beschäftigen sich seit vielen Jahren mit diesem Problem, ohne bisher eine Lösung gefunden zu haben. Nach der großen Sturmflut im Jahr 1966 wurden mit dem Projekt Mose riesige Deichmodule entwickelt, die auf dem Meeresboden liegen und bei drohendem Hochwasser aufgerichtet werden können. Realisiert wurde das Projekt bisher nicht. Der letzte italienische Ministerpräsident Silvio Berlusconi hatte es zu oberster Priorität ernannt, drängte auf den rund acht Milliarden Euro teuren Ausbau mit folgenden Betriebskosten von neun Millionen jährlich. Die EU in Brüssel und Umweltschutzorganisationen äußern jedoch starke Bedenken. Sie befürchten, dass die Stadt damit regelmäßig vom frischen Meereswasser abgeschnitten wird und sich in eine stinkende Kloake verwandeln könnte.

Die Venezianer verhalten sich abwartend. So lange nichts geschieht, erhöhen sie nach Bedarf ihre Gehwege und Fußböden. Bis zu sechs Schichten übereinander haben Archäologen jüngst entdeckt.

Service | Internet: www.salve.it | Automatische Informationen bei einem Wasserstand über 110 cm über NN kann man als SMS empfangen über MAREA ON Nr. 3399941041

Abb. links | *Auf dem Campo vermischt sich häufig Glockengeläute mit der Sirene des Rettungsbootes*

Campo SS. Giovanni e Paolo

Häufig läuft der Kommissar im Roman „Acqua alta" über diesen Platz: Der Campo SS. Giovanni e Paolo ist benannt nach der mächtigen Kirche der beiden Heiligen Johannes und Paulus. Links vom Gotteshaus liegt die Scuola Grande di San Marco, in der sich heute das Städtische Krankenhaus befindet.

In ihrer Wohnung in Cannaregio ist die amerikanische Archäologin Brett Lynch überfallen und brutal zusammengeschlagen worden. Commissario Brunetti besucht das Opfer im Krankenhaus, dem Ospedale Civile in Castello.

Die Kirche SS. Giovanni e Paolo, deren Name von den Venezianern liebevoll zu Zanipolo zusammengezogen wird, dominiert durch Größe und Bedeutung. Der schlichte Ziegelbau aus dem 13. bis 15. Jahrhundert entspricht dem Armutszeugnis der Dominikaner, die ihn erbauen ließen. In den Himmel ragende weiße Spitztürme aus istrischem Marmor prägen weithin sichtbar das Eingangsportal.

Das über hundert Meter Länge messende innere Langhaus lenkt in seiner schmucklosen Backsteingotik nicht von der eigentlichen Bedeutung der Kirche ab: Sie ist die Ruhestätte zahlreicher Dogen. Hinter

Abb. links | *Nur Häuser im Wasser? Den Wald darunter sieht man nicht*

Service | Kirche SS. Giovanni e Paolo, Castello, Campo SS. Giovanni e Paolo | Vaporettostation Ospedale Civile oder Rialto | Geöffnet täglich von 7.30 bis 12.30 Uhr und 15.30 bis 19.30 Uhr | Eintrittspreis ca. 2,50 Euro | Telefon 041-5235913

Abb. oben | *Noch ist das Original hinter einer Bauplane verborgen, aber bald soll er wieder reiten*

gewaltigen Säulen finden sich entlang der Außenwände und in der Chorkapelle die Grabmäler zahlreicher Dogen von Marco Corner (gestorben 1368) über Andrea Vendramin (gestorben 1478) bis Alvise Mocenigo (gestorben 1577). Diese kunstvollen Nekropolen von zum Teil monumentalen Ausmaßen sind wichtige künstlerische wie auch wertschätzende Zeugnisse ihrer Zeit. Sie dokumentieren die Epochen der Gotik und der Renaissance ebenso beeindruckend wie die Bedeutung und den Einfluss der Dogen für die Stadt Venedig. In einer Seitenkapelle rechts vom Hochaltar symbolisiert der zerschlissene Dogenstuhl den Untergang dieser Glanzzeit.

Links vom seitlichen Querhaus gelangt man in einen Anbau aus dem 16. Jahrhundert, die Rosenkranzkapelle. Bei einem Brand 1867 wurden bedeutende Kunstwerke völlig vernichtet, so auch die Kreuzigung von Tintoretto und die Ermordung des Hl. Petrus Martyr von Tizian. Eines der später angebrachten drei Deckenbilder zeigt „Die Verkündigung" von Paolo Veronese.

Wenn Guido Brunetti den Campo SS. Giovanni e Paolo überquert, erwähnt er immer wieder das Reiterstandbild Colleoni. Auch dieses Kunstwerk erzählt eine Geschichte, ein Kabinettstückchen – typisch venezianisch, möchte man sagen. Und doch könnte es überall auf der Welt so passiert sein.

Bartolomeo Colleoni stand als Condottiere (Heerführer der Landstreitkräfte) im Dienste des Staates Venedig. Als er 1475 starb, hinterließ er den Venezianern sein riesiges Vermögen. Verbunden war dies allerdings mit der Auflage, dass man ihm „vor San Marco" ein Denkmal errichte. Das Geld konnte man gut gebrauchen, vor der Basilika San Marco wollte man den Condottiere jedoch nicht verewigen. Also kam man auf den trickreichen Gedanken, „vor San Marco" könne auch vor der Scuola Grande di San Marco sein. Und so bewacht der reiche Gönner statt der Piazza San Marco seit 1488 den Campo SS. Giovanni e Paolo.

Das in Bronze gegossene Reiterstandbild ist ein bedeutendes Dokument der Renaissance, entworfen vom Florentiner Andrea del Verrocchio, der ein Lehrer Leonardo da Vincis war. Die Ausführung durfte ein Venezianer übernehmen, Alessandro Leopardi.

Scuola Grande di San Marco

Im Winkel an die Kirche angebaut findet sich die Scuola Grande di San Marco. Ende des 15. Jahrhunderts wurde das Gebäude für eine Bruderschaft errichtet, die sich karitativen Zielen im Sinne des heiligen Markus verschrieben hatte. Der ungewöhnlich anmutende asymmetrische Bau spiegelt die ehemalige Nutzung. Im linken, höheren Teil lag über der Empfangshalle der Versammlungsraum der Bruderschaft, die Sala San Marco (heute Medizinische Fachbibliothek) mit einer beeindruckenden Kassettendecke. Im langgestreckten, flacheren Teil befand sich über der Kapelle die Herberge.

Hinter der eindrucksvollen Renaissancefassade aus blendend weißem Marmor liegt heute der Eingangsbereich zum größten städtischen Krankenhaus der Stadt. Nach und nach sind die angrenzenden Gebäude entlang

Service | Ospedale Civile, Castello, Campo SS Giovanni e Paolo | Vaporettostation Ospedale Civile | Telefon 041-294111 | Öffnungszeit der Bibliothek: montags bis freitags von 9 bis 12 Uhr. Eintritt frei

des Rio dei Mendicanti und auf der anderen Seite bis zur Kirche Santa Maria della Visitazione integriert worden und bilden mit kleinen Innenhöfen einen riesigen Gebäudekomplex bis zur Fondamenta Nuove am Meer.

Beim Betreten des ersten Innenhofes erinnert sich Guido Brunetti an die Errichtung eines modernen Glaspavillons für Nuklearmedizin mitten zwischen den historischen Gebäuden. Trotz modernster Technologie war er nach seiner Fertigstellung leider nicht nutzbar, weil man vergessen hatte, Abflussrohre zu verlegen. Wobei der Commissario die Vergesslichkeit in Frage stellt und eine wirtschaftsfördernde Absicht dahinter vermutet.

Ob es diesen Glaspavillon tatsächlich gibt, kann nicht überprüft werden. Der Innenhof des Krankenhauses ist weitestgehend zugebaut.

Abb. links | *Auch die nächste Stufe der Kommunikation wird der Markuslöwe vor dem Krankenhaus überleben*

Hintergrund | *Scuole Grande*

Eine venezianische Einzigartigkeit stellen die Scuole Grande – wörtlich „große Schulen" dar. Zu den Vorläufern gehörten bereits ab dem Mittelalter Laienbruderschaften, die sich einem geistlichen Orden zwar zugehörig fühlten, aber in weltlicher Gemeinschaft lebten und ihr Dasein ganz in den Dienst karitativer Aufgaben stellten. Eine Bruderschaft kümmerte sich um die Pflege völlig Verarmter, eine andere sorgte für das Begräbnis von Ausgestoßenen oder Kriminellen, eine weitere kümmerte sich um „gefallene Mädchen".

Mit dem wachsenden Reichtum der Stadt entstand auf der Basis der Scuole ein System von Zusammenschlüssen, das man am ehesten mit Zünften oder Freimaurern vergleichen kann. Man baute prächtige Häuser mit riesigen Versammlungssälen und Herbergen. Im Gegensatz zu ähnlichen europäischen Gilden strebte man nie nach politischer Macht, die dem Adel vorbehalten war, sondern verschrieb sich der Förderung von Handwerk und Kunst. In den großen Häusern waren aufstrebende Künstler vom Festland willkommen, so dass sich die Zunfthäuser zu Eliteschulen der Malerei entwickelten. So wird auch die Konzentration überaus bedeutender Maler in der Stadt Venedig verständlich: Tiepolo, Tintoretto, Carpaccio, Bellini, sie alle waren Mitglieder dieser Bruderschaften.

Die Säkularisation unter Napoleon bedeutete ab dem Beginn des 19. Jahrhunderts das Ende der Scuole Grande und ihrer Bruderschaften. Die wertvollen Gemälde wurden teilweise entfernt, verkauft oder verschleppt, die Gebäude überwiegend einer kaufmännischen Nutzung zugeführt.

Scuola Grande di San Rocco

Ein Beispiel der alten Pracht liefert heute noch die Scuola Grande di San Rocco. Der herrschaftliche Renaissancebau liegt im südwestlichen Teil von San Polo und beherbergte die Zunft der Stoffmacher. Die Verbindung zu einem der bekanntesten Maler der Zeitgeschichte, Jacopo Robusto, besser bekannt unter dem Namen Tintoretto, entstand durch seinen Vater. Dieser war Färber und Mitglied der Bruderschaft, als im 16. Jahrhundert das Versammlungshaus erbaut wurde. Das früherkannte Talent seines Sohnes sollte zum Markenzeichen der Scuola Grande di San Rocco werden. Für eine lebenslange Rente von hundert Dukaten im Jahr bedankte Tintoretto sich mit einem Zyklus von 26 Gemälden und Deckenfresken. Er ersparte den Zunftbrüdern durch das Gestalten kompletter Säle den Anstreicher. Unbedingt empfohlen wird ein Besuch der Scuola, wenn man sich nicht nur für Malerei, sondern auch für klassische Musik begeistern kann. Der große Saal im Erdgeschoss dient abends als Konzertraum. Wenn man das Glück hat, den Venezianer Vivaldi oder den von Donna Leon verehrten Händel zu erwischen, kommt man spielend in die passende Stimmungslage für den Pausenknüller: Während des verklingenden Beifalls öffnen Bedienstete des Hauses die große Flügeltür. Freundlich lächelnd deuten sie auf die herrschaftliche Treppe dahinter, die den überraschten Konzertgast in das Obergeschoss führt. Der ehemalige große Versammlungssaal der Bruderschaft versetzt die staunenden Besucher in einen Tintoretto-Rausch. Die großformatigen Wandgemälde zeigen ausführlich Szenen aus dem Neuen Testament: Es fehlen weder der Ölberg noch das Abend-

Service | Scuola Grande di San Rocco San Polo 3052, Campo San Rocco | Vaporettostation San Tomà | Besichtigung täglich von 9 bis 17.30 Uhr, im Winter von 10 bis 16 Uhr | Eintrittspreis ca. 5,50 Euro inkl. Audio-Guide | Telefon 041-5234864 | Internet: www.scuolagrandesanrocco.it | Kammerkonzerte von April bis Oktober mehrmals wöchentlich | Karten von ca. 17,50 bis 26 Euro | Auskünfte und Buchung: Telefon 041-962999 oder an jeder Hotelrezeption Venedigs

mahl, die Auferstehung oder Christi Himmelfahrt. Auch die Medaillons in der majestätischen Kassettendecke stammen von Tintorettos Pinsel und spiegeln von Adam und Eva bis Jonas und Jakob einen Streifzug durch das Alte Testament.

Um auch den zweiten Teil des Konzertes ohne Nackenschmerzen genießen zu können, bietet das Haus als besonderen Service große, auf dem Boden liegende Spiegel an, in denen die Deckengemälde entspannt zu betrachten sind.

Scuola di San Giorgio degli Schiavoni

Nur drei Gassen und zwei Brücken von der Questura entfernt, wo das Büro von Commissario Brunetti liegt, findet sich das Bruderschaftshaus der dalmatinischen Seeleute, die Scuola di San Giorgio degli Schiavoni. In der Mitte des 15. Jahrhunderts lebten so viele Kaufleute aus der slawischen Kolonie in Venedig, dass sie ihre eigene Bruderschaft gründeten.

Das kleine Gebäude beherbergt einen Schatz der Malerei: einen Zyklus des venezianischen Malers Vittore Carpaccio. Die Gemälde für dieses Bruderschaftshaus widmete er vornehmlich den Patronen der Dalmatiner, das waren die Heiligen Georg, Tryphon und Hieronymus. Carpaccios Werke zeichnen sich durch satte Farben und äußerst detaillierte Feinzeichnung aus. Besonders herausragende Werke sind „Der Triumph des Hl. Georg“ und das lichtdurchflutete Bild „Die Vision des Hl. Augustinus“, das den Mönch in seinem Studierzimmer zeigt.

Wer den Namen des Malers Carpaccio bisher nur von Speisekarten kannte, kann in den Kapiteln dieses Buches über das Hotel Cipriani oder Harry's Bar den Zusammenhang zwischen Gemälden und einem Teller voll rohem Fleisch leicht herstellen.

Service | Scuola Dalmatia San Giorgio degli Schiavoni Castello 3259, Calle dei Furlani | Vaporettostation San Zaccaria | Geöffnet von 9.30 bis 12.30 Uhr und 15.30 bis 18.30 Uhr außer sonntags am Nachmittag und montags | Eintrittspreis ca. 3 Euro Telefon 041-5228828

Wenn Paola kocht …

Lammkoteletts

Im Roman „Acqua alta" kocht Paola nicht so häufig wie gewohnt. Auf Seite 88 rät sie ihrem Mann, ein Glas Wein zu trinken und sie zu unterhalten, während sie die wunderbaren Lammkoteletts brät, die sie bei Gianni gekauft hat.

Vermutlich wird Signora Brunetti zunächst einen Salat vorbereiten, denn die Koteletts sind schnell gebraten. In Venetien beliebt ist eine Mischung aus Radicchio und Chicoree. Um das Auge zu verwöhnen, fügt man den rot-weißen und gelben Blättern noch ein paar Stiele grünen Rucola hinzu. Die Menage für Öl und Essig, Salz und Pfeffer stellt man in Italien auf den Tisch, und jeder findet seine eigene Mischung.

Falls an diesem Abend alle Brunettis am Tisch sitzen, also auch Chiara und Raffi, hat Paola zwölf Koteletts eingekauft, drei für jeden. Während zwei Knoblauchzehen sachte im Olivenöl brutzeln, wäscht man das Fleisch und hackt die Stiele von einem Zweig Rosmarin. Man gibt das Kraut in die Pfanne und brät die Koteletts von jeder Seite zwei Minuten, salzt und pfeffert zum Schluss. Während die zweite Runde Fleisch in der Pfanne brutzelt, ziehen die ersten im Ofen gut zugedeckt noch ein wenig nach.

Abb. links | *Radicchio aus Treviso, das beliebteste Gemüse in Venedig, ähnelt dem in Deutschland gehandelten Salat nur entfernt*

Der Dogenpalast

Für echte Venezianer ist der Dogenpalast der einzige „Palazzo" der Stadt, für alle anderen Häuser, seien sie auch noch so beeindruckend, bleibt nur die Bezeichnung Casa, abgekürzt Ca'.

Bereits im 9. Jahrhundert entstand an der Stelle des heutigen Palazzo Ducale der erste hölzerne Palast, damals noch ringsum von Wasser umgeben. Im 11. Jahrhundert wurde ein kleines Hafenbecken zugeschüttet, darauf die Piazzetta angelegt und der erste Dogenpalast in Stein gebaut.

Im 14. Jahrhundert begann die Planung für den Palazzo in seiner heutigen Form, der 1464 von dem Dogen Francesco Foscari eingeweiht wurde. Als nördliche Anbindung an den Markusdom ließ man die Porta della Carta errichten, ein sichtbares Zeichen der wohlwollenden Verbindung von Politik und Kirche.

Von der schwer verletzten Brett Lynch hört Brunetti, dass der Überfall sie an einem Treffen mit Dr. Semenzato hindern sollte, dem Museumsdirektor im Dogenpalast.

Abb. oben | *Gesetze der Statik scheinen keine Rolle zu spielen*

Abb. links |
Auch im 15. Jahrhundert entschied hier schon der Türsteher – nicht über einen Tanzabend, aber ob ein Gesuch dem Dogen vorgetragen wurde

Wie ein Symbol für die ganze Stadt Venedig erscheint dieses Gebäude in seiner äußeren Gestalt: der schwere obere Teil wird getragen von einer Unzahl zierlich aussehender Säulen – so wie die ganze, schwere Stadt auf einer riesigen Menge von Baumstämmen lastet. Da die angrenzende Piazzetta im Laufe der Jahrhunderte mehrfach angehoben und neu gepflastert wurde, ist die untere Arkadenreihe nach und nach tiefer ins Erdreich gesunken, was den Eindruck drückender Kraft von oben noch verstärkt.

Die beiden Geschossreihen mit dem Laubengang unten und den darüber liegenden Loggien mit Säulen stellen einzigartige Dokumente der späten venezianischen Gotik dar, schon mit der Renaissance spielend. Das unverkennbar Prägende sind die Einflüsse aus dem Orient, verstärkt noch durch den kompakten oberen Teil, der einer maurischen Festung gleicht, allerdings in roséfarbenem Marmor. Gotik, wie man sie aus dem westlichen Europa kennt, zeigt die Porta della Carta, gebaut von Vater und Sohn Bon aus Bergamo. Neben einem Fenster mit ornamentalem Schmuck ragen zu beiden Seiten die klassischen spitzen Türmchen, Fialen genannt, auf. An großen gotischen Kathedralen, beispielsweise dem Kölner Dom, sind diese Fialen vielfach zu finden. Auf dem Sims zwischen Fenster und unterer Tür kniet der Doge Foscari vor dem Markuslöwen.

Vor der Tür hatten seinerzeit Bittsteller zu warten, um ihre Gesuche zu überreichen – daher der Name „Papiertür" (Porta della Carta).

Hat man das Tor durchschritten, öffnet sich der Renaissance-Innenhof, und der Blick fällt auf die gegenüberliegende Treppe der Giganten, auf der die Dogen gekrönt wurden. Im Inneren steigt man über die goldglänzende Treppe Scala d'Oro in die oberen Geschosse mit den Staatlichen Gemächern. Hier reiht sich Kunstwerk an Kunstwerk, sei es von Hieronymus Bosch oder Tintoretto, Veronese oder Tizian. Sie auch nur im Ansatz beschreiben zu wollen, würde diesen Rahmen sprengen. Daher wird empfohlen, sich einer Führung anzuschließen (in verschiedenen Sprachen möglich) oder sich mit einem Audioguide auszurüsten. In geheime Gänge, Verstecke und Kerker führt ein Rundgang „Itinerari Segreti" (Anmeldung erforderlich).

Die venezianischen Kunstmuseen

Der Commissario outet sich hier wieder einmal als echter Venezianer, den Traditionen sehr verhaftet, neue Strömungen kritisch beobachtend. Eine Tizian-Ausstellung im Dogenpalast stellt dieses Museum deutlich vor den Palazzo Grassi. Dortige Ausstellungen über die Kelten oder Andy Warhol werden als Produkte des „neuen" Venedig gewertet und rangieren daher unter „Medienspektakel" statt unter „ernstzunehmendem Kunstereignis" (Donna Leon, Acqua alta, Seite 41).

Der Hinweis auf das Museum im Dogenpalast lässt Guido Brunetti über die Kunstszene in Venedig nachdenken. Bis zur Wiedereröffnung des Museums im Palazzo Grassi sei das Museum im Dogenpalast das wichtigste Venedigs gewesen.

Im Verlauf der Geschichte lässt sich Brunetti noch zu weitaus schärferen, beinahe bösen Bemerkungen hinreißen. Auf Seite 64 vergleicht er Venedig mit einer Hure, die sich zwischen verschiedenen Freiern zu entscheiden hat, sei es ein „phönizischer Glasohrring, tausendfach als Poster reproduziert" oder „ein silberner keltischer Hirsch." „Die Museen

Service | Palazzo Ducale, San Marco 1 | Vaporettostation San Marco | Eingang Porta del Frumento auf der Piazzetta | Geöffnet von April bis Oktober täglich von 9 bis 19 Uhr, von November bis März täglich von 9 bis 17 Uhr | Eintrittspreis ca. 11 Euro, die Karte gilt auch für die anderen Museen rund um den Markusplatz | Audio-Guide in fünf Sprachen ca. 5,50 Euro | Telefon 041-2715911 | Internet: www.museicivicivene-ziani.it | Führung Geheime Gänge: ca.12,50 Euro, täglich nur nach Voranmeldung unter Telefon 041-5224951

beklebten jede freie Fläche in der Stadt und buhlten mit allen Mitteln um die Aufmerksamkeit und die Eintrittsgelder der durchreisenden Touristen... er jedenfalls hatte schon so viele Ausstellungsplakate gesehen, dass es ihm für ein ganzes Leben in der Hölle reichte." (Seite 64)

Wünschen wir ihm, dass die Hölle nur eine Stippvisite wird und Brunetti sich für das große Anliegen seines Lebens, der Gerechtigkeit zu dienen, doch einen Platz zwischen Engeln verdient hat.

Ob es eine Rangfolge in der Bedeutung der venezianischen Museen gibt, wie Brunetti sie darstellt, ist sicherlich nicht objektiv zu bewerten. Aus der immensen Fülle von Kunstsammlungen werden hier einige wenige vorgestellt. In der Regel sind es nicht nur die künstlerischen Objekte, die es zu bestaunen gilt, auch die Gebäude sind immer historisch, liebevoll erhalten und aufwändig restauriert.

Im Gesamtkunstwerk Dogenpalast treten die wertvollen Gemälde aus genau diesem Grund beinahe in den Hintergrund. Der einzigartige Palazzo im gotisch-orientalischen

Abb. links | *Architektur wie vom Zuckerbäcker*

Stil kann seine Besucher so verzaubern, dass sie sich eher in ein orientalisches Märchen versetzt fühlen, als den Hinterlassenschaften der allergrößten Maler den gebührenden Respekt zu zollen. Säle von beeindruckenden Ausmaßen fesseln mit edler Ausstattung in feinstem Marmor, überreichem Goldschmuck und plastischer Stuckornamentik. Riesige Gemälde bedecken die Wände und die Deckengewölbe.

Den Stolz der Stadt Venedig spiegeln drei Kunstwerke ganz besonders: „Die freiwillige Unterwerfung der Provinzen" von Jacopo Tintoretto (16. Jahrhundert) zeigt vor der dezent angedeuteten Giebelfront des Markusdoms Abgesandte aus den venezianischen Provinzen, die ihre Unterwürfigkeit mit wertvollen Geschenken demonstrieren. Giovanni Battista Tiepolo (18. Jahrhundert) versinnbildlicht in seinem Gemälde „Neptun überreicht Venedig seine Gaben" wie das Meer den Reichtum Venedigs einst begründete. In der Sala del Maggior Consiglio, dem Saal des großen Rates, beeindruckt die geschnitzte Decke mit fünfunddreißig Bildfeldern. In einem findet sich die ovale „Apotheose der Venezia" von Paolo Veronese (16. Jahrhundert), ein Zeugnis des Friedens, der von der Venezianischen Regierung ausgeht.

Die Kopfwand des Saales hat der Maler Tintoretto mit einem sieben mal zweiundzwanzig Meter großen Ölbild geschmückt: „Das Paradies" mit der Krönung der Gottesmutter als zentralem Thema.

Palazzo Grassi

Ein spätes Bauwerk in der venezianischen Geschichte ist der Palazzo Grassi am Canal Grande. Der Stadtpalast zeigt eine Fassadengestaltung mit schlichten Barockelementen, die sich nahtlos in das überwiegend von der Gotik und Renaissance geprägte Stadtbild einfügt.

Die Erstbesitzer, Familie Grassi aus Bologna, verdankten ihrem Reichtum, dass man sie 1718 in den Adelsstand der Stadt Venedig erhob. Damit schienen sie Zeichen zu setzen für die

Abb. oben | *Luftballontiere zwischen Adelspalästen – auch in Venedig ist das 21. Jahrhundert angebrochen*

SERVICE | Palazzo Grassi, San Marco 3231, Campo San Samuele | Vaporettostation San Samuele | Geöffnet täglich von 10 bis 19 Uhr | Eintrittspreis ca. 10 Euro | Telefon 041-5231680 | Internet: www.palazzograssi.it | Call-Center für Kartenvorbestellung (kostet 1 Euro zusätzlich): www.vivaticket.it

späteren Besitzer und die Nutzung des Palastes. Er wurde häufig weiterverkauft und zwischenzeitlich als Hotel genutzt. Zu Beginn des 20. Jahrhunderts erwarb ihn der Mühlenbesitzer Giovanni Stucky und eröffnete erstmals eine Galerie. In den späten siebziger Jahren etablierte sich ein Kulturzentrum, bis der Fiat-Boss Agnelli aus Turin das Gebäude kaufte und erneut ein Museum einrichtete. Nach Agnellis Tod waren die Räume für zwei Jahre Heimat des Städtischen Casinos.

Seit 2005 gehört der Palazzo Grassi dem drittreichsten Mann Frankreichs. Francois Pinault zählt bereits einige andere „Objekte" zu seinem Imperium: das Kaufhaus Printemps in Paris, das Auktionshaus Christie's in London, die Edelmarken Gucci und Yves Saint Laurent. Pinault ist ein leidenschaftlicher Kunstsammler, hat den Palazzo Grassi wieder in ein Museum umgewandelt und startete mit der Collezzione Pinault, Bildern und Objekten aus seiner eigenen Sammlung, am 30. April 2006 in ein neues Zeitalter.

Gerüchteweise soll Monsieur Pinault bereits seine Fühler nach einem anderen Gebäudekomplex ausgestreckt haben, der Dogana del Mar, dem ehemaligen Zollamt auf der Landspitze des Stadtteils Dorsoduro. Wartet dort die Statue der Fortuna mit der vergoldeten Erdkugel auf „glückliche Zeiten"? Eine Restaurierung wäre wünschenswert, denn der Glanz ist verblasst, die Landspitze macht einen leicht verkommenen Eindruck.

Ca' Rezzonico

Auf der anderen Seite des Kanals, schräg gegenüber vom Palazzo Grassi liegt in Dorsoduro die Ca' Rezzonico, ein Barockpalast aus dem 17. Jahrhundert, erbaut von dem Architekten Baldassare Longhena. Die ersten Besitzer gehörten zur Familie Bon, deren Vorfahren aus Bergamo einst die gotische Papiertür des Dogenpalastes entwarfen und bauten. Mehr als die Fertigstellung des Erdgeschosses erlebte der Auftraggeber nicht, und die Familie Rezzonico (Papst Clemens der XIII. entstammte dieser Familie) ließ den Bau fast hundert Jahre später durch Giorgio Massari vollenden. Im 19. Jahrhundert gehörte er zeitweise dem Sohn des englischen Dichters Robert Browning, der hier im Jahr 1889 während eines Weihnachtsbesuchs verstarb.

Man kann das Museum vom Seitenkanal San Bárnaba aus betreten oder durch das Hauptportal am Canal Grande. Herrschaftlich präsentiert es sich dem Besucher mit drei hintereinanderliegenden Innenhöfen und einem kleinen Garten mit Goldfischteich. Im linken Gebäudetrakt präsentiert sich das Caffè dell'Arte als moderner Kontrapunkt zum Museum: In elegantem Retro-Stil, schlicht und schön, sorgt man für den kleinen Hunger zwischendurch, sehr gut, aber auch nicht preiswert.

Gegenüber hinter Glas liegt der moderne Eingangsbereich, ein Fahrstuhl bringt Fußkranke oder -müde in die oberen Etagen. Dem kunstbeflissenen Auge empfohlen wird jedoch der Aufgang wie in alter Zeit durch das Treppenhaus.

Abb. rechts | *Statt einer Krinoline tragen Besucherinnen der Gegenwart einen Audio-Guide*

Seit 1935 ist die Ca' Rezzonico ein Staatliches Museum der Venezianischen Kultur des 18. Jahrhunderts. Das italienische Settecento, also 17. Jahrhundert, sollte nicht verwirren, die italienische Sprache orientiert sich in ihrer Bezeichnung der Jahrhunderte an den laufenden Jahreszahlen.

Die erste Etage wird von dem riesigen Tanzsaal, dessen Größe durch Wandfresken von Lombardi mit Tiefenwirkung noch gewaltiger erscheint, dominiert. Der Thronsaal ganz in rotem Samt wurde vermutlich Papst Clemens XIII. vorbehalten, wenn er seine Familie besuchte.

Im zweiten Geschoss erblickt der Besucher zwei große Gemälde von Canaletto, bevor er in die hübschen Privaträume weitergeht: Ein Schlafzimmer mit prächtiger Wiege, daneben aufwändig ausgemalte Ankleideräume fehlen ebenso wenig wie die Hauskapelle. Offensichtlich hatte die Familie Sinn für Humor, denn ein kleines Wohnzimmer zeigt eine ganz ungewöhnliche Wandgestaltung, nämlich in Fresko gezeichnete Karikaturen.

In der dritten Etage geht man durch eine riesige Pinakothek mit Bildern aus dem 18. Jahrhundert. Ein chinesisches Zimmer mit grünen Lackmöbeln und eine alte Apotheke, aus Paris importiert, bieten Erholung von der Bilderfülle.

Gäste des Hotels Gritti Palace, das dem Museum partnerschaftlich verbunden ist, können sich auf Wunsch privat durch das Haus führen lassen.

SERVICE | Ca' Rezzonico, Museo del Settecento Veneziano Dorsoduro 3136 | Vaporettostation Ca' Rezzonico | Geöffnet von 10 bis 18 Uhr, im Winter bis 17 Uhr, dienstags geschlossen | Eintrittspreis ca. 6,50 Euro oder ca. 8 Euro für die Museum Card (für den Eintritt in zwei weitere Museen) Audio-Guide ca. 4 Euro, mit zwei Kopfhörern 6 Euro | In jedem Raum liegen Informationen auf Italienisch/ Englisch/ Französisch | Telefon 041-2410100 | Internet: www.museicivicivenezani.it

Gallerie dell' Accademia

Natürlich auch am Canal Grande, im Stadtteil Dorsoduro, liegen die Gallerie dell'Accademia, an denen Guido Brunetti häufig vorbeiläuft, wenn er die hölzerne Accademia-Brücke überquert hat, selten ohne einen Kommentar über „Touristenschlangen" oder andere störende Phänomene abzugeben.

In der Mitte des 18. Jahrhunderts schlossen sich venezianische Maler in einer Kunstakademie zusammen. Gut fünfzig Jahre später zogen sie in einen Gebäudekomplex am Canal Grande, gebildet aus der ehemaligen Klosterkirche Santa Maria della Carità und dem ehemaligen Konventgebäude, der Scuola Grande della Carità.

Die Hochschule für bildende Kunst befindet sich heute im Rücken der alten Akademie, mit Eingang vom Zattere-Ufer. Die am Canal Grande gelegenen Gebäude dienen ausschließlich als Museum. Die vierundzwanzig Säle der ersten Etage beherbergen eines der bedeutendsten Museen Italiens, in einer Reihe mit den Uffizien in Florenz oder den Vatikanischen Museen in Rom. Die Sammlung bietet einen großartigen Überblick über die Venezianische Malerei des 13. bis 19. Jahrhunderts. Wieder liest sich die Namensliste der Künstler wie ein Auszug aus dem,Who is Who der Malerei: Bellini, Carpaccio, Tizian, Veronese, Tiepolo, Tintoretto, Canaletto.

Service | Gallerie dell'Accademia, Dorsoduro 1050, Campo della Carità | Vaporettostation Accademia | Geöffnet täglich von 8.15 bis 19.15 Uhr, montags nur bis 14 Uhr | Eintrittspreis ca. 6,50 Euro oder ca. 11 Euro in Verbindung mit den Museen Cà d'Oro und Museo Orientale | Telefon 041-5200345 (Call-Center für Kartenvorbestellung, kostet 1 Euro zusätzlich) | Internet: www.gallerieaccademia.org.

Abb. oben | *Etwas sonderbar sieht das Guggenheim-Museum zwischen den venezianischen Palazzi aus, aber auch Peggy soll ein wenig sonderbar gewesen sein*

Service | Collezzione Peggy Guggenheim im Palazzo Venier dei Leoni | Dorsoduro 701 Calle San Cristoforo | Vaporettostation Accademia oder Salute | Geöffnet von 10 bis 18 Uhr, samstags von 10 bis 20 Uhr, dienstags geschlossen | Eintrittspreis ca. 12 Euro | Telefon 041-2405411 | Internet: www.guggenheim-venice.it

Collezzione Peggy Guggenheim

Bleibt man in Dorsoduro und fährt auf dem Canal Grande weiter in Richtung der Kirche Santa Maria della Salute, wundert man sich über ein merkwürdig anmutendes Gebäude. Hinter dem eingeschossigen Fragment eines nie zu Ende gebauten Palazzo, finden sich die Collezzione Peggy Guggenheim. Die exzentrische Amerikanerin, deren Vater beim Untergang der Titanic ums Leben gekommen war, baute dessen Gemäldesammlung systematisch aus.

So entstand eine bedeutende Sammlung mit Werken von Paul Klee bis Pablo Picasso, die nach dem Tod der Besitzerin an die Stadt Venedig fiel. Plastiken von Henry Moore und Max Ernst, einem zeitweiligen Ehemann der Guggenheim, wurden perfekt in den hübschen Garten integriert. Hier ließ sich die Sammlerin auch begraben, in ihrer Nähe die Gräber der zahlreichen Möpse, die Lebewesen, die ihr in den letzten Jahren die liebsten waren, wohl auch deshalb, weil sie ihr nie widersprachen.

Die witzigste Skulptur begrüßt die Besucher direkt am Kanal: ein Bronzepferd mit Reiter, der mit weit ausgebreiteten Armen und zurückgelegtem Kopf offensichtlich die Sonne genießt und dabei sein bestes Stück genussvoll nach oben reckt. Peggy schraubte es angeblich ab, wenn „prüder" Besuch erwartet wurde.

Museum Fortuny im Palazzo Pesaro degli Orfei

Im früheren Wohnhaus des Allroundkünstlers Mariano Fortuny vermittelt eine kleine Sammlung einen Eindruck über die Bandbreite seines künstlerischen Schaffens. Die Schwarz-Weiß-Fotografien zeigen Personen der Zeitgeschichte, Freunde und Familienangehörige. In seinen Ölgemälden hat der Künstler Motive aus den Opern Richard Wagners verarbeitet. Teppiche mit persischen Mustern bedecken die Wände, in Vitrinen sind seine Seidenstoffe, zum Teil plissiert oder mit Samt durchwirkt, drapiert. Von den Decken hängen die unverwechselbaren Fortuny-Lampen, sowohl maurische Ampelformen als auch ein riesiger runder Leuchter, der einst im Hotel Excelsior auf dem Lido das Foyer schmückte. Auch der revolutionäre Entwurf eines Beleuchtungskörpers für das Theater La Fenice fehlt nicht in der Sammlung.

Leider gibt es nur einen einzigen Schauraum in der ersten Etage des Palastes, dem ehemaligen Piano Nobile. Das Haus ist ein besonders prägnantes Beispiel für einen spätgotischen venezianischen Palast. Der Innenhof bekommt durch Streiflicht ein beinahe verwunschenes Gesicht, über die äußere Treppe gelangt man in einen Laubengang der ersten Etage und von dort in den Ausstellungsraum. Das Haus ist dringend renovierungsbedürftig und könnte sich danach zum Schmuckstück entwickeln.

Service | Museo Fortuny, im Palazzo Pesaro degli Orfei San Marco 3780, Campo San Beneto | Vaporettostation Sant' Ángelo | Geöffnet von 10 bis 18 Uhr, montags geschlossen | Eintrittspreis ca. 4 Euro | Telefon 041-5200995 | Internet: www.veneziacultura.it

Abb. rechts | *Träume aus Tausend und einer Nacht*

Hintergrund | *Mariano Fortuny*

Abb. oben | *Der spanische Künstler Mariano Fortuny fand in Venedig seine Heimat und einen Platz für seine innovative Kunst*

Mariano Fortuny y Madrazo, genannt „Fortuny", wurde 1871 in Granada in Andalusien geboren. Nach einem Kunststudium in Paris kam er 1899 nach Venedig und kaufte in San Marco den Palazzo Pesaro degli Orfei am Campo San Beneto. Fortuny entwickelte sich zu einem Allround-Künstler, er arbeitete als Akt- und Portraitmaler, als Bühnenbildner und Fotograf sowie als Textil- und Modedesigner. Schnell wurde er berühmt für seine einzigartigen Muster, deren Vorbilder er in orientalischen Tapisserien und in den Form- und Farbgebungen der venezianischen Renaissance fand. Für das Teatro La Fenice entwarf er revolutionäre Bühnenbilder und entwickelte eine neuartige Form der Bühnenbeleuchtung durch eine Mischung von farbigem Licht und Regelung der Lichtstärke. Eigentlich hat er also den „Dimmer" erfunden. Durch seine innovativen Ideen geriet die Aufführung des „Nibelungenring" in der Oper zum Spektakel. Natürlich setzte er seine kreativen Ideen ebenfalls in Kostüme für die Künstler um und hatte die Ehre, die große Schauspielerin Eleonora Duse (1858–1924) und die Tänzerin Isadora Duncan (1878–1927) für ihre Auftritte einzukleiden.

Zwischen 1910 und 1920 mischte er die Damenmode auf. Er entwarf Kleider nach klassisch-griechischem Vorbild in weichen, fließenden Stoffen, die in elegantem Faltenwurf den Körper umspielten. Nach den korsettgeschnürten Wespentaillen der Jahrhundertwende wirkten seine zarten Seidenkleider geradezu sensationell. Aus zunächst zopfartig gedrehten Stoffen (Delphoskleid) wurde später bei Fortuny die Technik des Plissierens entwickelt. Sein einzigartiger Stil war eine vollendete Symbiose aus Design und Technik.

Mariano Fortuny starb 1949 in Venedig. Den spätgotischen Palazzo am Campo San Beneto vermachte seine Witwe der Stadt Venedig, die im Andenken an den Künstler dort das Museo Fortuny einrichtete. Hier kann das breite Spektrum seines schöpferischen Lebens besichtigt werden. Dazu gibt es regelmäßig aktuelle Fotoausstellungen, gelegentlich auch in Verbindung mit der Biennale.

Abb. unten | *Mariano Fortunys Lampen verbreiten die Stimmung eines orientalischen Basars*

Abb. oben | *Mariano Fortuny hat gemalt, fotografiert, gezeichnet und gestaltet, an sein ehemaliges Wohnhaus müssten aber einmal Handwerker gelassen werden*

Auf der Giudecca wird noch immer nach seinen Entwürfen gearbeitet. In der Fabrik Fortuny Tessuti Artistici S.p.A. werden Stoffe produziert, die ihre Liebhaber in der ganzen Welt finden. Fortuny-Lampen sieht man häufig umgeben von klassischem Möbel-Design. Die Amerikanerin und Wahl-Venezianerin Peggy Guggenheim trug mit Vorliebe Seidenkleider des Künstlers.

Besonders in Amerika fanden Fortuny-Produkte reißenden Absatz. Einige Objekte sind heute im Metropolitan Museum of Art in New York ausgestellt.

Service | Stoffe von Fortuny in Venedig bei Trois, Campo San Maurizio, San Marco 2666. | Lampen und Stoffe bei Venetia Studium, Calle Larga XXII Marzo, San Marco 2403 und 2428. | Internet: www.venetiastudium.com

Fabrik Fortuny: Fortuny Tessuti Artistici S.p.A., 805 Giudecca | Telefon 041-5287697 | Öffnungszeiten des Geschäftes: montags bis freitags von 9 bis 12.30 und von 14 bis 17 Uhr. | Telefon 041-5287697 | Internet: www.fortuny.com

San Giacomo dell'Orio

In Santa Croce liegt eine wenig beachtete alte Kirche, San Giacomo dell'Orio. Sie ist eine echte Pfarrkirche geblieben, denn ihre Umgebung ist noch ein reines Wohngebiet und kaum von Museen, Palästen oder touristischen Attraktionen umgeben. Auf dem riesigen Campo, der die Kirche fast umrundet, sitzen auf den Bänken junge Mütter und schauen ihren Kindern beim Spielen zu. Unter den in Venedig so seltenen Bäumen wird zur Karnevalszeit ein Fest mit den Nachbarn gefeiert – fröhlich, bodenständig, ganz anders als die spektakuläre Maskenparade auf dem Markusplatz.

Commissario Brunetti ermittelt nun in der Kunstszene. Bei seinen Überlegungen zu Fälschungen und Kunstraub erinnert er sich an einen zurückliegenden Diebstahl in der Kirche San Giacomo dell'Orio.

Abb. unten | *Kaum Touristen: Auf dem Campo San Giacomo dell'Orio sind die Venezianer noch unter sich*

Der schlichte Backsteinbau der Kirche reicht in das 9. Jahrhundert zurück und birgt eine dreischiffige Basilika. Zahlreiche Um- und Anbauten in den folgenden Jahrhunderten bewirkten eine interessante Mixtur aus Gotik, Renaissance und Barock. Zum Glück nicht angetastet wurde dabei die bemalte Holzdecke in der Form eines riesigen Schiffsbodens. Sie erinnert den Besucher an die glanzvolle Seefahrer-Vergangenheit der Stadt. Besonders stolz ist die Gemeinde auf ein Beutestück aus dem vierten Kreuzzug: Die grüne Marmorsäule mit ionischem Kapitell stammt aus dem 6. Jahrhundert und stand früher in Byzanz, dem heutigen Istanbul.

Abb. oben | *Auf den Kicker-Nachwuchs vom Campo San Giacomo dell'Orio warten schon die Manager von Juventus Turin und Inter Mailand*

Service | San Giacomo dell'Orio, Santa Croce Campo San Giacomo dell'Orio | Vaporettostation S. Stae | Geöffnet von 8 bis 12 und 16.30 bis 18.30 Uhr | Eintrittspreis ca. 2,50 Euro (günstiger mit Choruss-Pass) | Telefon 041-5240672 | Internet: www.chorusvenezia.org

Auf eigene Faust: Zu Fuß von der Questura in Castello nach Cannaregio

Die flachen Lederschuhe der Sängerin sollten dem Hochwasser nicht lange standhalten. Guido Brunetti ist mit Gummistiefeln und Regenmantel perfekt ausgerüstet. „Nur wenige Leute waren unterwegs, alle in Stiefeln und Regenmänteln, offensichtlich Venezianer, die nur außer Haus waren, weil sie es mussten“ (Donna Leon, Acqua alta, Seite 288).

Die Questura liegt ganz nah am Campo San Lorenzo. Brunetti schaut von seinem Bürofenster oft hinaus auf die eingerüstete Fassade der ehemaligen Kirche. Im Inneren soll sich das Grab Marco Polos befunden haben. Der venezianische Weltreisende (1254–1324) galt in seiner Stadt als Angeber. Seine Tagebücher der Reise nach Fernost dienten noch fast zweihundert Jahre später dem Entdecker Christopher Kolumbus. Heute ist die Fassade der ehemaligen Kirche nicht mehr eingerüstet, das angrenzende ehemalige Kloster ist frisch renoviert und beherbergt ein Altenheim. Ein Rest Baumaterial erinnert daran, dass der Kommissar lange auf Gerüste und Kran herabschaute.

Brunetti und Signora Petrelli verlassen das Gebäude der Questura an der Fondamenta San Lorenzo und wenden sich nach links. Da Brunetti weiß, dass etwas tiefer gelegene Gassen bereits überflutet sind (das ist der westliche Teil zum Campo Santa Maria Formosa hin), wählt er den Weg nach

Der Kommissar begleitet Flavia Petrelli von der Questura in Castello bis zur Wohnung ihrer Freundin Brett Lynch in Cannaregio. Diesen Weg bei Regen und Hochwasser zu gehen, ist eine typisch venezianische Lebenssituation.

Abb. oben | *Donna-Leon-Fans bleiben dabei: Hier am Campo San Lorenzo arbeiten Brunetti, Vianello und Signorina Elettra, auch wenn die echte venezianische Questura ganz woanders liegt*

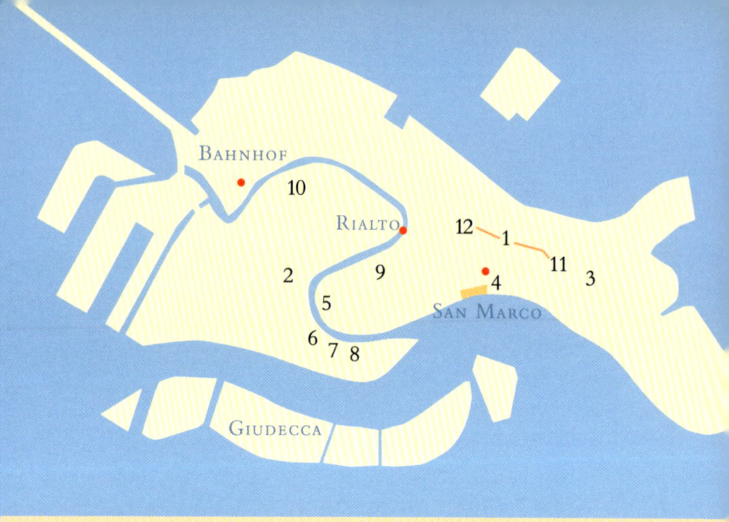

1 SS. Giovanni e Paolo Scuola Grande di San Marco | 2 Scuola Grande di San Rocco | 3 Scuola Grande degli Schiavoni | 4 Dogenpalast | 5 Palazzo Grassi | 6 Cà Rezzonico | 7 Gallerie dell' Accademia | 8 Guggenheim-Museum | 9 Museum Fortuny | 10 San Giacomo dell' Orio | 11 Questura | 12 Wohnung Brett Lynch

Norden. Sie biegen nach links ab in die Calle Larga San Lorenzo und sofort wieder nach rechts in die Calle Cappello Muazzo. Trockenen Fußes geht es über die Brücke, die den Rio della Terra überquert. Im ehemaligen Kloster San Giovanni in Laterano auf der linken Seite werden Erwachsene unterrichtet. Auf dem Schild steht: Istituto Statale di Istruzione Superiore. Wer mag da in Deutschland noch in eine „Volkshochschule" gehen? Der ehemalige Palazzo Cappello gegenüber ist heute in viele kleinere Privatwohnungen unterteilt, genauso wie der gleich hinter dem nächsten Kanal liegende Palazzo Muazzo.

Langsam macht Brunetti sich Sorgen, denn bald werden sie die tiefer liegende Gegend erreicht haben. Sie biegen nach links in die Barbaria delle Tole ein. Auf der linken Seite musste der Gemüsehändler wegen des Regens seine Stände in das Geschäft holen. Die ehemalige Schule dahinter sieht bei diesem Wetter noch verlassener aus. Schon seit Jahren wird in der Staatlichen Mittelschule Antonio Vivaldi nicht mehr unterrichtet. Hinter der

Fassade des Ospedaletto auf der rechten Seite, die Baldessare Longhena entwarf, werden heute alte Menschen gepflegt.

In der Kirche Santa Maria dei Derilitti finden häufig klassische Konzerte statt. Auf der linken Seite reihen sich Geschäfte und Lokale aneinander. Doch niemand hat bei Regen und Hochwasser Appetit auf ein Eishörnchen oder Törtchen bei *Rosa Salva*, Hausnummer 6779 bis 6781. Auch vor dem Schaufenster des Bestatters *La Serenissima* bleibt niemand stehen, obschon der riesige Flachbildschirm interessante Varianten vorstellt: Von der blumengeschmückten Trauergondel mit vier weißgekleideten Gondolieri bis zum Transport mit dem Flugzeug bleibt kein Wunsch offen. In der *Bar Al Castello* könnten mutige Leseratten fragen, ob Donna Leon heute schon vorbeigeschaut hat. Die Autorin selbst bezeichnet das Lokal als „ihr Büro".

Als der Kommissar und die Sängerin den Campo SS. Giovanni e Paolo erreichen, kämpft gerade eine Nonne mit ihrem Schirm gegen den Sturm. Weder sie noch Brunetti und seine Begleiterin interessieren sich heute für das Reiterstandbild des Condottiere Colleoni oder den mächtigen Backsteinbau der Kirche. Auch der Markuslöwe auf der Marmorfassade des Krankenhauses, dem früheren Zunfthaus Scuola Grande di San Marco, findet bei dem schlechten Wetter keine Beachtung. Als sie den Platz und die Brücke über den Rio dei Mendicanti überquert haben, sehen sie auf der anderen Seite der Brücke das Wasser in der Gasse stehen. Auf der Calle Larga Gallina stolpert Flavia, stürzt beinahe und verliert einen Schuh, den das gurgelnde Wasser sofort verschlingt. Guido trägt die Sängerin bis zur Calle della Testa, wo an der Ecke rechts tatsächlich der Kiosk von „Maria" steht und biegt nach links ein. Auf der rechten Seite, vor der winzigen Gasse Calle del Squero Vecchio, haben sie die Wohnung der Sängerin, Cannaregio 6134, erreicht.

Abb. rechts | *Ob die Inhaberin Maria heißt und gut über die Nachbarn informiert ist? „Marias Kiosk" steht jedenfalls an der richtigen Stelle*

Venedigs Highlights: Canal Grande, Rialto, San Marco

Krimi-Schauplätze in „Feine Freunde"

Rialto und der Markt an der Brücke

Brunettis wohnen in San Polo nur wenige Minuten von der Rialtobrücke entfernt. Die Brücke stellt für die Familie eine Lebensader dar, denn sie ist die Verbindung über den Canal Grande zu den Stadtteilen San Marco, Cannaregio, Castello und Dorsoduro. Guido Brunetti geht täglich zu Fuß in die Questura in Castello. Da er seine Mittagspause fast immer zu Hause verbringt und auch seine Ermittlungen zumeist zu Fuß erledigt, überquert er die Rialtobrücke regelmäßig.

Es ist Wochenende. Paola Brunetti geht zum Rialtomarkt, um frische Krabben zu kaufen.

Paola unterrichtet als Dozentin für englische Literatur an der Universität in der Ca' Foscari. Um in diesen historischen Palazzo direkt am Canal Grande in Dorsoduro zu gelangen, muss sie die Rialtobrücke nicht überqueren, sondern läuft quer durch San Polo. Da sie jedoch die frischen Waren des Rialtomarktes schätzt und sowohl mittags als auch abends kocht, kauft sie täglich neben der Brücke ein.

Rialto – der Ursprung heißt Riva Alto (hohes Ufer) und wurde wegen seiner erhöhten Lage schon im 9. Jahrhundert besiedelt. An den Ufern des Kanals legten Boote mit Waren an, so dass sich hier unschwer die Wiege der späteren Handelsmacht Venedig

Abb. links | *Wenn abends die meisten Touristen die Stadt verlassen haben, wird Venedig erst richtig schön*

Service | Der Rialtomarkt ist dienstags bis samstags bis etwa 13 Uhr geöffnet.

Abb. oben | *Neben Pasta und Wein das Hauptnahrungsmittel in Venedig*

erkennen lässt. Die Namen der Uferkais und der umliegenden Straßen erzählen die unendliche Geschichte von Kaufen, Handeln und Verkaufen: Fondamenta del Vin heißt wörtlich fester Grund des Weins, das heißt, hier konnten die schweren Holzfässer von den Booten abgeladen werden. An der Riva del Ferro, dem Eisenufer, lieferten Händler die fehlenden Bodenschätze an. In der Ruga degli Orefici, der Straße der Goldmacher, sind noch heute die Juweliere zu Hause, die Calle degli Stagneri beheimatete die Zinngießer.

Ein Handelszentrum ist Rialto geblieben und wie vieles in Venedig von den Bewohnern mit zwiespältigen Gefühlen besetzt. Sie hassen den Rummel auf der Brücke und die Stände mit Billigprodukten aus Fernost wie die „echt venezianischen Masken" made in Taiwan. Aber sie lieben ihren Markt mit seinen täglich frischen Produkten, das Schwätzchen mit dem Händler und die angrenzenden Bars für den kleinen Imbiss oder ein Gläschen mit Freunden.

Besonders am Samstagvormittag strömt die Bevölkerung zum Rialtomarkt, die Vaporetti befördern mehr Einkaufsroller als Touristen und der Traghetto, die Gondelfähre, fährt zwischen Cannaregio und dem Fischmarkt pausenlos hin und her.

Der bedienungsentwöhnte Westeuropäer kann den Einkaufszeremonien nur staunend zusehen. Über die Qualität einer einzelnen Paprikaschote kann eine venezianische Hausfrau minutenlang mit dem Händler diskutieren, der daran offensichtlich mit Vergnügen teilnimmt. Es scheint dem Wert seiner Ware nur angemessen zu sein, dass man ausgiebig darüber spricht. Beim Fischhändler haben dann auch die Herren der Schöpfung ein Wörtchen mitzureden. Hier legt der Chef mehrere Prachtstücke vor, bis man sich für den sechsten oder siebten entscheidet. Und dann wird mit Liebe und Geduld geschuppt, enthäutet, entnommen, zerteilt, zerlegt bis der Kunde zufrieden ist und garantiert in den nächsten Tagen wiederkommt.

Wenn Paola kocht …

Risotto mit Zucchiniblüten und Krabben

Als Paola am Samstagvormittag vom Einkauf nach Hause kommt, interessiert ihr Mann sich sofort mehr für das kommende Mittagessen als für den vorausgegangenen Überraschungsbesuch des Beamten vom Katasteramt. Paola ist etwas ärgerlich über den Andrang auf dem Markt und wundert sich, warum er bei Touristen so beliebt ist: „Haben sie denn bei sich zu Hause keine Märkte? Gibt es da keine Lebensmittel zu kaufen?“ (Donna Leon, Feine Freunde, Seite 31). Nachdem sie mit ihrem Mann noch ein wenig über die Ideale der 68er-Bewegung diskutiert hat und wohin diese auch bei ihnen entschwunden sind, begibt sie sich an die Vorbereitungen für das Mittagessen.

Sie hat zwölf fingerdicke Zucchiniblüten eingekauft, an denen noch der kurze Stiel sitzt. Sie werden die Krönung des Reisgerichtes sein. Zuerst schwitzt man zwei kleingehackte Zwiebeln in Olivenöl an. Bevor die Zwiebeln Farbe annehmen, gibt man zweihundert Gramm Reis dazu und lässt ihn unter Rühren glasig werden. Dass Paola italienischen Rundkornreis verwendet, ist selbstverständlich, es sei hier nur den Risotto-Neulingen erklärt: mit den Sorten Carnaroli oder Arborio ist man auf jeden Fall auf der sicheren Seite.

Sofort fügt man das kleingeschnittene Fruchtfleisch von vierhundert Gramm Tomaten hinzu und rührt wieder um. In einem Topf wartet ein Liter heiße Brühe, die man nun nach und nach unter ständigem Rühren dem Risotto zufügt, immer gerade so viel, dass der Reis nicht anbrennt. Der Risotto benötigt etwa zwanzig Minuten, bis er noch ein ganz klein wenig Biss hat, aber wirklich nur etwas. In den letzten Minuten lässt man eine Handvoll Krabben mitziehen, rührt einige Esslöffel geriebenen Parmesan unter und würzt, falls nötig, mit Salz nach.

Die Zucchiniblüten schmort man in einer separaten Pfanne in Öl, in dem man zuvor ein daumengroßes Stück gewürfelten Ingwer angebraten hat, kurz an. Jeder Brunetti bekommt drei Blüten über seinen Risotto, dazu einen Löffel des aromatisierten Öls. Guido wird dahinschmelzen!

Hintergrund | *Die Brücken über dem Canal Grande*

Als im 9. und 10. Jahrhundert die Besiedelung um das Riva Alto begann, war der Canal Grande noch an keiner Stelle zu überqueren. Aber Händler können fantasievolle Menschen sein: Eine Kette von Booten verband das eine mit dem anderen Ufer, und so hüpfte man von Boot zu Boot. Die erste einfache Holzbrücke entstand zum Ende des 12. Jahrhunderts und wurde später durch eine hölzerne Zugbrücke ersetzt. Als 1444 ein adliger Hochzeitszug den Canal Grande befuhr, brach diese Holzkonstruktion unter dem Gewicht der Zuschauer zusammen. Die Brücke wurde repariert, aber man traute ihr nicht mehr. Zu Beginn des 16. Jahrhunderts zerstörte ein Großfeuer zahlreiche Gebäude im Rialtoviertel. In dieser Phase des Wiederaufbaus entschloss man sich, auch die Brücke nun „für die Ewigkeit" zu bauen.

Die berühmtesten Baumeister traten in einen Wettbewerb um den besten Entwurf: Sansovino, Michelangelo, später auch Andrea Palladio. Keiner von ihnen bekam den Zuschlag, denn die Kasse war leer. Erst achtzig Jahre später gewann Antonio da Ponte das Rennen, Ponte heißt Brücke. Leider sagen die Überlieferungen nichts darüber aus, ob sein Lebenswerk, die Rialtobrücke, ihm diesen Namen gab, oder ob er sich schon zuvor als Brückenbauer hervorgetan hatte.

Der Entwurf da Pontes erschien den Venezianern in jeder Beziehung perfekt, und die Stabilität über Jahrhunderte rechtfertigt ihre Entscheidung. Das Fundament an beiden Ufern lagert auf jeweils sechstausend Holzstämmen. Kein Stützpfeiler in der Mitte des Kanals behindert den Schiffsverkehr. Das äußere Erscheinungsbild passt sich mit Arkaden und Säulengeländern perfekt in das Stadtbild ein. Der weiße Marmor aus Istrien verleiht der Fassade die passende Eleganz. Die Schönheit der Brücke leidet heute allerdings sehr unter riesigen bunten Plakaten, die auf Kunstausstellungen aufmerksam machen.

Abb. links | *Schöner Weg zur Arbeit: Die Rialtobrücke überquert Guido Brunetti täglich*

Vermutlich der wichtigste Grund, Antonio da Ponte nach seinem Entwurf bauen zu lassen, war jedoch seine Idee, zu beiden Seiten des mittleren Ganges auf der Brücke kleine Geschäfte einzurichten. Die Aussicht auf Mieteinnahmen ließ bei den geschäftstüchtigen Venezianern alle Glocken klingeln. Und sie behielten Recht: Die Kassen klingeln noch heute. Kaum ein amerikanischer oder fernöstlicher Tourist verlässt die Stadt ohne ein Goldkettchen oder Armband vom „Rialto", je nach Geldbeutel darf es auch schon mal ein größerer Brillant sein.

Bis ins 19. Jahrhundert hinein blieb Rialto die einzige Brücke über den Canal Grande. Erst 1848 baute man die Accademia-Brücke zwischen den Stadtteilen San Marco und Dorsoduro. Die als Provisorium gedachte Holzkonstruktion wurde nie durch eine Steinbrücke ersetzt. Die ständig erforderlichen Reparaturen sind den Venezianern einerseits ein Dorn im Auge. Doch andererseits führen sie ihre Besucher voller Stolz auf diese Brücke mit dem unvergleichlichen Rundumblick über die prachtvollen Bauwerke am Canal Grande. „Wann hatten sie diese Brücke erneuert? Vor drei Jahren? Zwei? Und schon waren so viele Stufen wieder reparaturbedürftig." (Donna Leon, Feine Freunde, Seite 239/240).

1858 baute man eine simple Eisenkonstruktion über den Canal Grande, um auch in der Nähe des Bahnhofs zu Fuß nach San Polo und weiter zum Zentrum gehen zu können. 1934 entstand an derselben Stelle aus weißem istrischen Stein die Scalzi-Brücke, benannt nach der benachbarten Kirche Chiesa degli Scalzi. Scalzi sind Karmeliter, auch Barfüßler genannt.

Abb. oben | *Nach vierhundert Jahren ist die Brücke noch immer stabil und trägt täglich Tausende Menschen*

Das westliche Dorsoduro

Brunetti und sein Mitarbeiter Vianello fahren mit einem Polizeiboot bis zum Ende des Zattere, um in Dorsoduro den Tatort zu besichtigen, wo Franco Rossi vom Gerüst gestürzt sein soll. Sie verlassen das Polizeiboot am Ende des Zattere-Kais. Beide fühlen sich gestört vom Anblick des riesigen Kreuzfahrtschiffes im Hafen.

Dorsoduro: Dieser Bereich der Stadt trägt ein deutlich anderes Gesicht als der historische Stadtkern. Früher war das Quartiere Santa Marta die bevorzugte Wohngegend der Fischer, nach dem Bau der Hafenanlage im 19. Jahrhundert siedelten sich Kleinbetriebe und Arbeiter hier an. Da der venezianische Hafen keine Rolle mehr als industrieller Umschlagplatz spielt, sondern vorwiegend touristischen Zwecken dient, verfiel auch das umgebende Wohngebiet. Schnell mutierte das Quartier zum Zentrum von Arbeitslosigkeit und Drogen und erhielt den Namen Piccolo Bronx. Inzwischen zeigt sich

Abb. rechts | *Die grüne Minna ist in Venedig blau*

eine Entwicklung zum Positiven: Die Universität der Stadt breitet sich aus, größere Gebäudekomplexe sind saniert, auch völlig neu gebaut. Und die Studenten freuen sich über günstigen Wohnraum und die Nähe zu ihrem nächtlichen „Spielplatz", dem Campo Santa Margarita.

Die beiden Polizisten haben am Anleger San Basilio die Barkasse verlassen und kommen auf ihrem kurzen Fußweg zum Tatort an zwei Kirchen vorbei. In der Kirche San Sebastiano hat der Maler Paolo Veronese (1528-1588) seine letzte Ruhe gefunden. Könnte er hochschauen, würde er sich freuen über seine innovative Idee, eine hölzerne Kassettendecke als Bildträger zu nutzen. Die Ausschmückung der Kirche San Sebastiano begründete den Ruhm des in Verona geborenen Malers und beförderte ihn unter die „Großen Drei" der venezianischen Malerei: Tizian, Tintoretto und Veronese. Die Grabkirche Veroneses zeigt im Inneren sehr authentisch ein eindrucksvolles Bild der Hochrenaissance. Der Campo San Sebastiano geht über in den Campo dell'Angelo Raffaele. Die Kirche Angelo Raffaele versteckt sich gern vor Touristen – zumindest gleicht es einem Treffer im Lotto, wenn sie einmal geöffnet ist. Schade, dass sie ihr harmonisches Inneres mit an drei Seiten umlaufender Empore und einer wunderschönen Kassettendecke mit Fresken so häufig verbirgt. Gleich hinter der Kirche befindet sich nach der Wegbeschreibung der Tatort. Und in der Tat steht am beschriebenen Ort ein heruntergekommenes Haus mit Gerüst, direkt am Rio d'Angelo Raffaele. Hier soll also der Beamte des Katasteramtes zu Tode gestürzt sein.

Abb. links | *Da gibt es schon mal einen Kratzer*

Abb. links | *Tatort Baustelle: Am Rio dei Carmini wurde der Beamte des Katasteramtes aus dem Fenster gestoßen. Ob die Kollegen aus Solidarität keine Baugenehmigung erteilen?*

Service | Kirche San Sebastiano, Dorsoduro, Campo San Sebastiano | Vaporettostation San Basilio | Geöffnet von 10 bis 17 Uhr, außer sonntags | Eintrittspreis ca. 2,50 Euro (günstiger mit Chorus-Pass) | Telefon 041-112750462 | Internet: www.chorusvenezia.org

Kirche Angelo Raffaele, Dorsoduro, Campo dell'Angelo Raffale | Vaporettostation San Basilio | Öffnungszeiten beliebig | Eintritt frei

Campo San Luca

Guido Brunetti trifft sich auf dem Campo San Luca mit einer alten Freundin, die in einer Bank arbeitet. Er befragt sie nach den Modalitäten bei der Vergabe von Immobilienkrediten.

Der Kommissar und seine langjährige Bekannte Franca wollen auf dem Campo San Luca „ein Gläschen vor dem Mittagessen" trinken. Bei der Hausnummer 4267 steht man vor den Schaufenstern der Buchhandlung Tarantola. Kein einziges Buch von Donna Leon liegt in der Auslage, aber man weiß ja, sie sind nie in die italienische Sprache übersetzt worden.

Natürlich gibt es auf dem Platz eine Bank, ein Reisebüro, ein Bekleidungsgeschäft – der Campo San Luca ist ein belebter Platz, auf dem man sich trifft und ein bisschen redet, mehr oder weniger lautstark, mehr oder weniger mit Armen und Beinen. Und es findet sich hier ein Burger-Imbiss, vielleicht der, zu dem Paola Brunetti ihren Mann und die Kinder schicken wollte, als sie das Kochen ein einziges Mal verweigerte. Der Vater lehnte strikt ab – das sei Kindesmißhandlung.

In der Bar Torino trinken der Kommissar und seine Bekannte Franca ihren Aperitif, einen spritz. Gleich neben der Bar liegt das Traditionscafé Rosa Salva, wo sich Guido Brunetti gern mit seiner Frau auf einen schnellen Kaffee trifft. Das halten auch andere Venezianer so, denn die glänzende Theke ist gut bevölkert.

Direkt neben dem Café in der kleinen Gasse liegt die Apotheke von Brunettis altem Freund Danilo. Der Apotheker kann dem Commissario mit Informationen über ein Ehepaar dienen, das sich mit schlimmster Wucherei an anderen Menschen vergeht und dabei „Heiligenbildchen und Rosenkranz" in den Händen hält (Donna Leon, Feine Freunde, Seite 242).

Wie kam der Heilige Markus nach Venedig?

Bereits im 5. Jahrhundert siedelten sich die ersten Bewohner in der Lagune der nördlichen Adria an. Das Jahr 421 wird offiziell als das Gründungsjahr Venedigs angesehen. 638 zieht auf der Insel Torcello der erste Bischof ein, und 697 wird der erste Doge eingesetzt. Im 9. Jahrhundert wächst die Bedeutung der Stadt durch aufblühenden Handel in der Gegend um das Rialtoviertel.

Mit dem Polizeiboot fährt der Kommissar kreuz und quer durch seine Stadt. Auf dem Rückweg durch das Becken von San Marco blickt er auf die Basilika und den Glockenturm.

Abb. links | *Engel steigen die Himmelsleiter hoch, dem Heiligen Markus entgegen*

Dass im Jahr 827 in der Kirche San Pietro di Castello der Bischofssitz eingerichtet wird und Venedig weiterhin unter dem Patronat des Heiligen Theodorus steht, erscheint der weltlichen Regierung der Stadt nicht mehr angemessen. Ein Heiliger mit mehr „Ausstrahlung" wird gesucht, und da der Heilige Petrus schon fest an Rom vergeben ist, werden Kaufleute über die See nach Alexandria geschickt. Dort liegt das Grab des Evangelisten Markus. Der Sarkophag wird geöffnet, die Gebeine werden in ein Fass gelegt, das man anschließend bis oben hin mit Schweinefleisch füllt und so an allen muslimischen Kontrollen vorbeischmuggelt. Natürlich soll die wertvolle Beute nicht die Macht des ungeliebten Bischofssitzes stärken, also muss eine neue Kirche darum herum gebaut werden – am besten direkt neben dem Dogenpalast, damit klar erkennbar wird, wo das Machtzentrum liegt!

Als Symbol für den neuen Schutzheiligen wird eine Identifikationsfigur gesucht. Aus der griechischen Mythologie kennt man die Chimäre: Vorne Löwe, in der Mitte Ziege, hinten Schlange. Es fehlen noch Flügel für die Schnelligkeit der Flotte und – ein wenig christliche Anbindung soll schon sein – das Evangelium. Der Markuslöwe ist geboren!

Der Markusdom

Als Schrein für die erbeuteten Reliquien des Heiligen Markus wurde neben dem Dogenpalast ab 828 eine kleine Holzkirche errichtet. Sie brannte später ab, der Nachfolgebau an derselben Stelle wurde im 11. Jahrhundert abgebrochen. Doch durch die Eroberung großer Gebiete im östlichen Mittelmeer gelangten immer mehr Beutestücke nach Venedig. Diese sollten dem verehrten Patron einen würdigen Rahmen schaffen. Die Apostelkirche aus Byzanz, dem späteren Konstantinopel, schien ein angemessenes Vorbild, und nach ihrem Muster begann man noch im 11. Jahrhundert mit dem Bau des

Abb. oben | *Der Markusdom setzt dem orientalischen Flair der Stadt die Krone auf*

Markusdoms in seiner heutigen Form. Als die venezianische Flotte den vierten Kreuzzug begleitete, brachte sie ganze Säulen, Marmorplatten und Mauerwerksteile zur Ausgestaltung der Kirche mit.

Auch die berühmteste und wertvollste Quadriga der Welt, die Pferde von San Marco, stammt aus Byzanz. Seit dem 4. Jahrhundert bewachten die Pferde den kaiserlichen Rennplatz, bevor sie im 12. Jahrhundert den Eroberern aus Norditalien in die Hände fielen. Napoleon machte es den Venezianern nach und ließ die fünf Tonnen schweren Pferde als Symbol seiner Macht nach Paris bringen, wo sie zwanzig Jahre lang den Place du Carrousel zierten. Als der Kaiser die Herrschaft über Venedig verlor, kehrten sie 1817 zurück an ihren Platz über dem Hauptportal der Markuskirche. Heute steht dort jedoch eine Kopie der Gruppe, das Original ist im dahinter liegenden Museum von San Marco zu bewundern.

Die halbrunden Bögen wurden zipfelmützenartig nach oben gezogen, in verschwenderischer Fülle mit Ornamenten ausgestattet. Über dem mittleren Bogen thront, wie der alte Geheimrat Goethe ihn nannte „der neue Patron Venedigs", der Markuslöwe in Gold vor blauem Sternenhimmel. Engel mit goldenen Flügeln steigen zu beiden Seiten auf der Himmelsleiter dem Heiligen Markus entgegen.

Abb. oben | *Die Geschichte der Markusgebeine: In einer Kiste voll Schweinefleisch verborgen, in Venedig willkommen geheißen und mit dem Bau einer würdigen Grabkapelle geehrt*

Abb. rechts | *Guido Brunettis „heiter sorglose Kuppeln"*

In den Freiflächen der Bögen und auch in den Gewölbebögen der unteren Säulenreihe leuchten die farbenfrohen Mosaiken mit reichlich glitzerndem Gold. Sehr anschaulich zeigen die Mosaikplastiken rechts außen die räuberischen venezianischen Kaufleute bei ihrem Coup mit dem verbotenen Schweinefleisch, über das die Muslime die Nasen rümpfen. In einem zweiten Bogen wird dargestellt, wie die geraubten Gebeine im Leichentuch in den Markusdom gebracht werden. Dann feiern Dogen und geistliche Würdenträger den neuen Patron, und die Kirche des 13. Jahrhunderts zeigt in diesem Mosaikbild fast identisch das heutige Aussehen. Nur in der gotischen Epoche sind einige Fenster der Stilrichtung angepasst worden, die das Gesamtbild jedoch nicht stören. Gerade die Vermischung klassischer gotischer Elemente mit orientalischem Dekor macht das Flair Venedigs aus.

Das außergewöhnliche, märchenhafte Bild der Kirche wird gekrönt von den unterschiedlich großen Kuppeln. Sie wirken wie zufällig aufgesetzt, auch die Patina der Jahr-

„Er wandte sich um und blickte über das unbewegte Wasser hinauf zum Kuppelgewirr von San Marco und sah zu den scheckigen Mauern des Palazzo Ducale, dankbar für den Frieden, den er im Angesicht ihrer Schönheit fand.“ (Donna Leon, Verschwiegene Kanäle, Seite 214)

hunderte kann ihrem Charme nichts anhaben. Schaut man von der Aussichtsplattform des Glockenturms auf sie herunter, erkennt man die systematische kreuzförmige Anordnung, die dem Inneren des Gotteshauses entspricht.

Das dominierende Stilelement des Markusdoms ist die Ausschmückung mit Mosaiken. Gold soweit das Auge reicht – die Wandgestaltung umfasst eine Gesamtfläche von mehr als viertausend Quadratmetern. Hier wollten die Venezianer ihren Reichtum demonstrieren und umgaben die farbigen Ikonen mit exzessivem Goldschmuck. Zeigen die Bilder in der Vorhalle durchaus Szenen weltlichen Lebens, sind die Mosaiken im Inneren der Kirche der biblischen Geschichte gewidmet. Die Kuppel über dem Eingangstor zeigt das Paradies – ein Symbol der Venezianer, die glaubten, sich hier ihr Paradies geschaffen zu haben?

Um die Schönheit der Mosaiken würdigen zu können, bedarf es des Lichtes. Ein trüber Tag ist die denkbar schlechteste Voraussetzung, dann erlebt man die Kirche als „dunkle orientalische Höhle“, wie der Erzähler Alfred Andersch es beschreibt. Mehrmals täglich wird der Markusdom ausgeleuchtet. Dies findet jedoch ohne transparenten Zeitplan statt, so dass man vorher nie weiß, ob man Glück hat oder nicht. Ist der Bodyguard am Eingang gut gelaunt, was eher selten der Fall ist, beantwortet er vielleicht eine Frage. Sonst ist man auf Glück angewiesen, oder sollte besser so lange immer wiederkommen, bis das richtige Licht den Aufwand reichlich belohnt.

Beutestücke aus den Eroberungskämpfen der venezianischen Seefahrer sind auch Gestaltungselemente des Innenraums. Die kunstvollen Alabastersäulen, die den Hochaltar tragen, stammen vermutlich aus Byzanz. Orientalisch muten auch die Deckenlampen an. Und der Gedanke an Beutezüge des 21. Jahrhunderts drängt sich schnell wieder auf, wenn man seitlich vom Hochaltar mitten in der Kirche plötzlich vor einem modernen Drehkreuz aus Edelstahl steht. Hier muss der Besucher seinen Obolus entrichten, um das wertvollste Stück des Doms anschauen zu dürfen, die Pala d' Oro, eine goldene Tafel.

Abb. oben | *Im Sonnenlicht strahlen die Goldmosaiken, sonst eine dunkle orientalische Höhle: die Markuskirche*

Pala d' Oro

Zunächst waren es nur kleine, runde Emaillebilder, die den Seefahrern „in die Hände gefallen waren." Als man sich etwas intensiver auf die Suche begab, fand man später in Konstantinopel auch wesentlich größere, repräsentativere Kunstwerke auf Emailleplatten. Edelsteine, geschliffen und ungeschliffen, hatten die Eroberer sowieso genug erbeutet. Hatte man mit dem Dom schon ein deutliches Zeichen von Reichtum und Macht gebaut, so lag es doch nahe, aus vielen, kleinen Schmuckstücken ein unverwechselbares, großes zu schaffen. Zu Beginn des 12. Jahrhunderts bekamen venezianische Goldschmiede den Auftrag, nach dem orientalischen Vorbild eigene Emaillebilder zu entwerfen, um sie in ganzer Fülle zu einem Gesamtkunstwerk zu vereinen.

Abb. rechts | *Für die Aussicht auf den Markusplatz lohnt sich die Fahrt mit dem Lift auf den Campanile*

Ein Altarbild von knapp fünf Quadratmetern Fläche entstand. Christus thront in der Mitte, umgeben von den vier Evangelisten, seinen Aposteln und zahlreichen Engeln. Eingebettet in filigranen Goldschmuck von verschwenderischer Menge, umgeben von Hunderten edelster Steine und Perlen, zeigt sich die Pala d'Oro als grandioses Kunstwerk und zugleich als Demonstration von Reichtum und Macht. Zwiespältige Gefühle des Betrachters sind durchaus zulässig.

Service | Chiesa San Marco, Vaporettostation San Zaccaria oder San Marco | Geöffnet täglich von 9 bis 18 Uhr | Eintritt frei | Größere Gepäckstücke, auch Tüten und Rucksäcke, müssen vorher abgegeben werden (in einer Gasse rechts neben dem Uhrenturm, Hinweisschilder weisen den Weg). | Telefon 041-5225205 | Internet: www.basilicasanmarco.it

Pala d'Oro im Markusdom | Besichtigung ca. 1,50 Euro | Der Aufstieg zur Galerie mit Besichtigung der Bronzepferde kostet ca. 3 Euro und bietet zusätzlich einen herrlichen Blick über den Markusplatz, die Piazzetta und in das Innere der Kirche.

Markusplatz und Piazzetta

Die Piazza San Marco ist die einzige Piazza der Stadt, alle anderen Plätze heißen Campo. Um die Bedeutung des kleineren Platzes zu würdigen, der sich neben dem Dogenpalast zur Lagune hin streckt, gab man ihm den Namen Piazzetta.

Das alles beherrschende Bauwerk des Platzes ist die Markuskirche, seit 1807 auch Bischofssitz und Dom. So sollte man diesen Platz als würdigen Rahmen für ein ganz besonders schönes Bild betrachten. Die Gebäude hinter den Arkadengängen zu beiden Seiten wurden errichtet als Verwaltungsgebäude für die Prokuratoren, Beamte, die zunächst für die Pflege der Markuskirche zuständig waren. Die Befugnisse wurden jedoch zunehmend erweitert, so dass die Prokuratoren zu den mächtigsten Personen Venedigs aufstiegen.

Abb. oben | *Vogelgrippe? Doch nicht bei den Tauben von San Marco!*

Dem Dom gegenüber bildete früher ein Kloster mit Kirche den Abschluss des Platzes. Napoleons Abneigung gegen zu viel kirchliche Dominanz war bekannt. Hier, in besonders exponierter Lage, säkularisierte er nicht, sondern ließ alles komplett abreißen, um für sich und seine Familie ein Haus mit dem schönsten Ausblick Venedigs zu bauen. Lange konnte er ihn nicht genießen, denn die Regierungsmacht war schon bald wieder vorbei. In diesem Napoleonischen Flügel liegt heute das Museum Correr.

Beginnt man einen Rundgang auf der Sonnenseite des Platzes, erhebt sich neben dem Dom der Renaissanceturm des Torre dell'Orologio. Dem blockartigen Uhrenturm wurden später rechts und links Flügel hinzugefügt. Wäre er nicht seit Jahren wegen kompletter Renovierung verhüllt, sähe man eine beeindruckende Emailleuhr mit zwei Zifferblättern, die Mondphasen und Tierkreiszeichen berücksichtigt. Im Geschoss darüber bewegen sich die Weisen aus dem Morgenland nur wenige Tage im Jahr, um Christi Himmelfahrt herum. Der goldene Markuslöwe eine Etage höher korrespondiert vor tiefblauem Sternenhimmel perfekt mit seinem Bruder über dem Dom. Und ganz oben schlagen Bronzefiguren die volle Stunde, wie gesagt – wenn nicht seit Jahren renoviert würde.

Leider ist mit dieser Restaurierungsmaßnahme auch ein Stück Tradition verloren gegangen. Von jeher war der Uhrenturm zugleich Wohnsitz des Türmers. Amt und Wohnung befanden sich in der Erbpacht einer Familie, und auch der letzte Amtsinhaber, ein studierter Philosoph, trat selbstverständlich nach dem Tod des Vaters in dessen Fußstapfen. Seit Beginn der Renovierungsarbeiten ist sein Zuhause nicht bewohnbar, sein Amt überflüssig geworden, und das wird es in Zukunft durch die Automatisierung des Uhrwerks auch bleiben.

An den Uhrenturm schließen sich die Gebäude der Alten Prokuratien an. Stilvoll halten es nach wie vor die traditionellen Cafés Lavena und Quadri, die Kellner servieren in Smoking mit Fliege. Nur noch bei Missiaglia zeigt sich die gehobene Klasse früherer Jahre mit Schmuck von Bulgari und Uhren von Hermès. Ansonsten ist das Angebot auf der Sonnenseite des Markusplatzes dem einfachen touristischen Geschmack angepasst – mit Muranoglas aus Taiwan, Schmuck in Massenkonfektion, Postkarten und Fotoschnellservice. Einen Schnellimbiss konnten die Traditionscafés bisher offensichtlich verhindern.

Service | Museo Correr, San Marco 52 Markusplatz | Vaporettostation Vallaresso | Geöffnet täglich von 9 bis 19 Uhr, im Winter bis 17 Uhr | Eintrittspreis ca. 12 Euro (die Karte gilt für alle Museen am Markusplatz) | Telefon 041-2405211 | Internet: www.museicivicivene-ziani.it

Abb. oben | *Wo einst Kaiser Napoleon residierte, trumpfen die Venezianer heute im Museum Correr mit der Präsentation der Stadtgeschichte auf*

Abb. oben | *Weithin sichtbares Wahrzeichen: die Spitze des Campanile*

SERVICE | Campanile von San Marco, Markusplatz | Vaporettostation Vallaresso oder San Zaccaria | Geöffnet von 9.30 bis 17.15 Uhr, die Fahrt mit dem Lift nach oben kostet ca. 6 Euro

Im Napoleonischen Flügel, dem Dom gegenüber, kann sich der Besucher im Museum Correr zunächst auf einen Streifzug durch die venezianische Geschichte begeben. In der Gemäldegalerie darüber hängt das berühmteste Bild des Malers Vittore Carpaccio „Zwei Kurtisanen“. Hier kann man vergleichen, ob das Rot der Gewänder tatsächlich der Farbe des gleichnamigen Fleischgerichtes entspricht.

In den Arkaden des Napoleonischen Flügels bei Pauly zeigen die Glasobjekte künstlerische Galeriequalität. Um die Ecke, im Laubengang der Neuen Prokuratien bietet der Traditionsjuwelier Nardi Schmuck für Königs- und Fürstenhäuser. Frauen aller Altersklassen träumen hier am Schaufenster den altbekannten Traum „einmal Prinzessin sein“. Vor dem berühmtesten Café der Stadt, dem Florian, erklingt Livemusik. Längst heißen der Geiger und der Cellospieler nicht mehr Giorgio oder Alfredo, sondern Sergej oder Igor. „Es muss ein Stück vom Himmel sein“ bringt man zwar eher mit Wien in Verbindung, aber wo passt es besser, als hier auf diesem herrlichen Platz vor dem ältesten italienischen Kaffeehaus?

Bevor der Markusplatz sich seitlich zum Wasser öffnet und in die Piazzetta übergeht, ragt mit neunundneunzig Metern der mächtige Campanile in die Höhe. Er stammt aus dem 12. Jahrhundert und stürzte 1902 bei dem Versuch, einen Fahrstuhl einzubauen, ein. Zehn Jahre später stand er wieder und bietet seitdem einen atemberaubenden Blick über die Stadt und die Lagune. Bei der letzten kompletten Renovierung 1995 wurde ein moderner Lift eingebaut.

1536 baute man ein kleines, halboffenes Gebäude an den Glockenturm an, die Loggetta. Hier hatten die Palastwächter den Dogenpalast gegenüber gut im Auge. Der Baumeister Jacopo Sansovino hatte die Loggetta so perfekt gebaut, dass der nächste Auftrag nicht lange auf sich warten ließ. Um dem Markusplatz zum Wasser hin einen städtebaulichen Abschluss zu geben, entwarf er dem Dogenpalast gegenüber ein klassisches Renaissancegebäude mit Laubengang, das schon bald die Markusbibliothek aufnahm. Der prächtige Treppenaufgang und die Säle sind mit Fresken und Wandgemälden reich ausgestattet. Heute füllen Ausstellungsobjekte der künstlerischen Buchgestaltung, Handschriften und Kalligraphien die Vitrinen.

Das unverwechselbare Gesicht dieses kleinen Platzes zwischen Dogenpalast und den Arkaden der Bibliothek ergänzen die beiden Säulen mit dem früheren Patron der Stadt, dem Heiligen Theodorus, und seinem Nachfolger, dem Markuslöwen. Vielleicht stünde hier auch noch eine Statue des heiligen Markus, wenn nicht beim Entladen der Schiffe eine der drei Säulen, „mitgebracht" aus dem Gebiet des heutigen Libanon, ins Meer gestürzt wäre. So stehen hier nur zwei Patrone nebeneinander und bewachen das Treiben.

Service | Biblioteca Marciana, San Marco 7, Piazzetta | Vaporettostation San Zaccaria | Geöffnet von montags bis freitags von 9.10 bis 19 Uhr, samstags von 8.10 bis 13.30 Uhr | Eintrittspreis ca.12 Euro (die Karte gilt auch für alle anderen Museen am Markusplatz) | Telefon 041-2407211 | Internet: www.marciana.venezia.sbn.it

Abb. unten | *Blick von der Galerie im Markusdom auf die Piazzetta*

Hintergrund | *Die Dogen von Venedig*

Im Katasteramt arbeitet die Sekretärin Loredana Dolfin, Nachfahrin des Dogen Giuseppe Dolfin, der im Jahr 1361 an der Pest starb. Die unverheiratete Loredana Dolfin wohnt mit ihrem geistig zurückgebliebenen Bruder zusammen. Sie sind die letzten aus dem achthundert Jahre alten Adelsgeschlecht und leben offenbar in bescheidenen Verhältnissen, aber nach wie vor standesbewusst. Sie scheuen nicht vor Mord zurück, um das vermeintliche Ansehen der Familie zu schützen. Der Kommissar flüchtet sich in ohnmächtigen Zynismus, als er bemerkt, dass er sie nicht zur Rechenschaft ziehen kann und nennt die alternde Frau eine Zitella Nobile, eine adlige alte Jungfer.

Die ersten Siedler auf den Inseln der nordadriatischen Lagune waren Flüchtlinge während der großen Völkerwanderung im 5. und 6. Jahrhundert. Freiwillig begaben sie sich unter die Schutzherrschaft des Byzantinischen Reiches. 697 wurde durch Byzanz ein Führer vor Ort eingesetzt, der erste von insgesamt einhundertundzwanzig Dogen. Aus dem lateinischen Dux (Führer)

Abb. rechts | *Die Zipfelmütze als Symbol der Macht*

wurde landessprachlich der Doge. Durch einen listigen Schachzug befreiten sich die Dogen 809 von der Fremdherrschaft und richteten in der Nähe des Rialto ihren Regierungssitz ein. 812 wurde mit Pippin, dem Sohn Karls des Großen, der Frieden von Aachen geschlossen. Venedig war als freie Stadt zwischen dem Römischen und Byzantinischen Reich anerkannt und wurde 200 Jahre später auch von Steuerzahlungen an Byzanz befreit.

Durch Handel und die wachsende Bedeutung der Flotte kam Venedig zu Reichtum und Ansehen. Dogen kamen und gingen, zumeist auf nicht natürliche Weise. 1355 wurde der Doge Marino Falier als Verräter hingerichtet (die Romanfigur Paola Brunetti stammt aus der Familie Falier, ihr Vater, der Conte Orazio, wird als schwerreich und stark an Einfluss dargestellt). Nach ihm regierte Giuseppe Dolfin, der 1361 während der Pestepidemie starb. Seine letzten Nachkommen sind als Romanfiguren im Buch „Feine Freunde" zu Mördern verkommen. Auch der Vorname der Polizei-Sekretärin Loredana geht auf einen Dogen zurück: Leonardo Loredan hat die Republik von 1501 bis 1521 regiert. Während seiner Regentschaft wurden die Juden in einem abgegrenzten Bezirk Cannaregios, dem Ghetto, eingeschlossen. Und selbst dem Rechtsanwalt wird ein Name verpasst, dessen Familie gleich acht Dogen stellte: Contarini. Durch den Bau des Dogenpalastes und des Doms sowie den politisch gesteuerten Raubzug der Markusgebeine wurden Macht und Reichtum selbstbewusst demonstriert. Die Abgrenzung zu kirchlichem Einfluss wurde mit der Inthronisierung eines eigenen Heiligen, des Heiligen Markus vollzogen. Nach und nach fielen große Bereiche des östlichen Mittelmeerraumes den

Venezianern zu. Genua als Konkurrent in der Seeherrschaft konnte ausgeschaltet werden. Sogar auf dem Festland fielen größere Besitztümer Oberitaliens an Venedig.

Mit der aufstrebenden Seemacht Spanien verlor Venedig langsam an Bedeutung, auf östlicher Seite erstarkt das Osmanische Reich. Während zweier Pestepidemien im 16. und 17. Jahrhundert starb ein Drittel der Bevölkerung. Als der französische Kaiser Napoleon die Stadt im Mai 1797 erobert hatte, dankte der letzte Doge, Ludovico Manin, ab.

Die scheinbare Macht der Dogen stellen Historiker anders dar. Das Wahlverfahren war so ausgeklügelt kompliziert, dass niemand vorhersehen konnte, welcher Kandidat den Sieg davontrug. Letztlich war es auch gleichgültig, denn das Amt hatte nur repräsentativen Charakter und den Bonus, seinen Namen in die Geschichtsbücher einzubringen. Die Macht lag in den Händen der Hintermänner.

Auf eigene Faust: Unterwegs auf dem Canal Grande

Wir starten unsere Rundfahrt am Bahnhof Santa Lucia, benannt nach der gleichnamigen Kirche, die vorher an diesem Platz stand. Am gegenüberliegenden Ufer leuchtet das Kupferdach von San Simeone Piccolo in der Sonne. Der neo-klassizistische Bau aus dem frühen 18. Jahrhundert ist eine der zahlreichen säkularisierten Kirchen Venedigs und dient heute als würdiger Rahmen für Konzerte.

Schon fährt unser Vaporetto unter der Scalzi-Brücke hindurch, der ersten von drei Brücken, die den Canal Grande überspannen. Die neue Brücke aus strahlend weißem Stein ist erst achtzig Jahre alt und hat ihren Namen von dem Kloster der Karmeliterinnen auf der linken Uferseite (Guido Brunetti dachte einmal – wohl nicht ganz ernsthaft – darüber nach, ob er seine Tochter Chiara für die Dauer der Pubertät hier abgeben könne. Seine Frau war jedoch sicher, dass die Karmeliterinnen sie auch nicht nähmen).

Auf beiden Seiten sehen wir *Palazzi* mit klingenden Namen. Dogen, der Hochadel und reiche Kaufleute haben hier in den vergangenen Jahrhunderten gelebt. Heute leben nur noch wenige Besitzer in den Palästen ihrer Familien,

Im Roman „Feine Freunde" benützt der Kommissar häufig das Polizeiboot für Fahrten zum Tatort oder zur Befragung von Zeugen. Der Canal Grande ist die wichtigste Verkehrsader Venedigs, und Besucher sollten unbedingt eine Besichtigungstour auf dem Wasser erleben.

Abb. links | *Der schönste Landungsplatz der Welt strahlt Reichtum und Macht aus*

Abb. unten | *Vom Bahnhof führt die Scalzi-Brücke direkt nach San Polo und San Marco*

Abb. links | *San Geremia ist eine der vielen Kirchen, an denen unsere Bootstour vorbeiführt*

SERVICE | Museo Civico di Storia Naturale im Fondaco dei Turchi, Santa Croce 1730 | Vaporettostation San Stae | Während der Renovierung nur samstags und sonntags von 10 bis 16 Uhr geöffnet. | Der Eintritt ist während dieser Zeit frei. | Telefon 041-2750206 | Internet: www.museicivicivenezianі.it

SERVICE | Städtisches Casino im Palazzo Vendramin-Calergi, Cannaregio 2040, Calle Larga Vendramin | Vaporettostation San Marcuola | Geöffnet täglich von 15 bis 2.30 Uhr | Eintrittspreis ca. 10 Euro, für Hotelgäste Venedigs die Hälfte | Für Herren besteht Sakko-Pflicht | Telefon 041-5297111 | Internet: www.casinovenezia.it

zumeist werden die Häuser als Hotels, Museen oder Verwaltungsgebäude genutzt. Vor der Einmündung des ersten Rio auf der linken Seite, des Canale di Cannaregio, liegt die KIRCHE SAN GEREMIA, Herberge für die Reliquien der Heiligen Luzia.

Am rechten Ufer zeigt sich eines der schönsten Beispiele venezianischer Baukultur. Der FONDACO DEI TURCHI aus dem 13. Jahrhundert ging 1621 in den Besitz türkischer Kaufleute über und diente über zweihundert Jahre als offizielle Handelsniederlassung der Orientalen.

Dem ehemaligen Handelshaus der Türken gegenüber liegt die Anlegestelle San Marcuola. Wer noch Bargeld für den Aufenthalt in Venedig benötigt, gegebenenfalls aber auch bereit ist, sofort wieder abzureisen, sollte für einen Besuch des CASINOS hier aussteigen. Hinter der Barockfassade in der CA' VENDRAMIN-CALERGI kann man sein Geld beim Roulette oder Black Jack ebenso verlieren wie bei den einarmigen Banditen im Automatensaal. Als der deutsche Komponist Richard Wagner 1883 in diesem Palazzo starb, war es jedoch noch ein privates Wohnhaus.

Am rechten Ufer des Canal Grande zeigt die Kirche SAN STAE eine weiße Barockfassade. Etwas weiter, ebenso im barokken Stil, in der CA' PESARO können gleich zwei sehr unterschiedliche Ausstellungshäuser

Abb. rechts | *Die Ca d'Oro: Ob Handwerker des 21. Jahrhunderts so etwas noch können?*

besichtigt werden: Ein Museum für Moderne Kunst und ein Orientalisches Museum. Am linken Ufer scheint die Fassade der Ca' D'Oro ein Produkt vom Zuckerbäcker zu sein. Die kunstvollen Ornamente gleichen einer riesigen weißen Tortenspitze.

Die roten Vorhänge in der *Pescheria* dienen dem Sonnenschutz und sollen den Fisch kühlen. Von dienstags bis samstags wird auf dem Fischmarkt gehandelt, was die Gräte hält. Kurz vor dem alten Handelszentrum Rialto fällt der Blick links auf den Deutschen Adler. Das Wappen kennzeichnet die ehemalige Niederlassung der deutschen Kaufleute, in der sich heute die Hauptpost befindet.

Auf der Rialto-Brücke und rundherum ist ständig munteres Treiben: Wohl jeder Tourist, und sei er auch noch so kurz in der Stadt, besucht neben dem Markusplatz auch die Rialto-Brücke. Dazu gehört, dass hier auch so mancher Händler sein Geschäft machen will. Wir erleben die Brücke von

Service | Ca' Pesaro, Santa Croce 2076, Fondamenta Pesaro | Vaporettostation San Stae | Geöffnet täglich von 10 bis 18 Uhr, im Winter bis 17 Uhr | Eintrittspreis ca. 5,50 Euro (günstiger mit Museum-Pass) | Telefon 041-5240695 | Internet: www.museicivicivenezziani.it

Service | Ca' D'Oro – Galleria Giorgio Franchetti, Cannaregio 3932, Strada Nuova | Vaporettostation Ca' D'Oro | Geöffnet täglich von 8.15 bis 19.15 Uhr, montags nur bis 14 Uhr | Eintrittspreis ca. 5 Euro, für Besucher aus Ländern der EU ca. 2,50 Euro | Telefon 041-5200345 | Internet: www.cadoro.org

Abb. links | *Die Gegend um die Rialtobrücke gehört zum touristischen Pflichtprogramm*

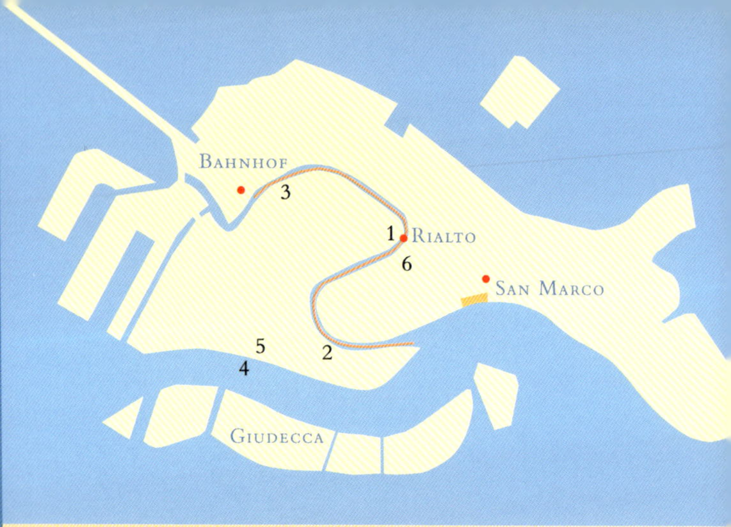

1 Rialto-Markt | 2 Accademia-Brücke | 3 Scalzi-Brücke | 4 Anleger San Basilio | 5 Baustelle mit Gerüst | 6 Campo San Luca

ihrer schönsten Seite, vom Wasser aus, und von dort ist auch das Gewusel an Land am besten zu ertragen. Dass Guido Brunetti auf seinem täglichen Weg ins Büro gereizt auf den Rummel reagiert, ist verständlich. Rechts und links vom Canal Grande kann man auf breiten Uferwegen entlang spazieren. Die Kais wurden im Mittelalter angelegt, um hier die Waren von Schiffen abzuladen. Kurz vor der Haltestelle San Silvestro, wo der Kommissar aussteigt, wenn er mit dem Boot nach Hause fährt, liegt der Palazzo Barizza. Im Roman „Acqua alta" gehört er dem Mafia-Boss La Capra, und die entführte Amerikanerin Brett Lynch wird hier misshandelt und gefangen gehalten.

In der großen Kurve, gleich hinter der Einmündung des Rio di Ca' Foscari, sehen wir rechts ein stattliches Gebäude. Die Ca' Foscari wurde 1473 für den damaligen Dogen gleichen Namens gebaut und beherbergt heute die Verwaltung der Universität. Unser Boot nähert sich einer weiteren Museumsmeile. Der am 30. April 2006 neu eröffnete Palazzo Grassi wirbt weithin

sichtbar an der barocken Fassade für seine aktuelle Ausstellung. In der Ca' Rezzonico schräg gegenüber besichtigt man ein Wohnhaus des 18. Jahrhunderts, allerdings eines der etwas größeren Art.

Vor der Accademia-Brücke fallen an einem Palazzo links die ungewöhnlichen Vorbauten an beiden Seiten auf: Hier lebte im 14. Jahrhundert der Doge Marino Falier, der wegen eines angeblichen Verrats enthauptet wurde. Das Wohnhaus von Guido Brunettis Schwiegereltern, Conte Orazio Falier und seiner Frau, liegt den Wegbeschreibungen nach jedoch genau gegenüber auf der anderen Seite des Kanals.

Von der hölzernen Accademia-Brücke aus genießen Fußgänger einen herrlichen Blick über den Canal Grande bis in die Lagune hinein. Aber schnell ist man gefesselt von dem Verkehrsbetrieb darunter: Linienboote, Frachtkähne, Polizei- und Rettungsboote, dazwischen schnelle Flitzer, die das Tempolimit gerne etwas überschreiten. In aller Ruhe – falls nicht gesungen wird – kurven dazwischen die Gondolieri herum. Wenn dann noch ein Stückchen weiter am Anleger Santa Maria del Giglio der *Traghetto*, die Gondelfähre, strikt geradeaus von einem Ufer zum anderen fährt, kann es schon mal sehr eng werden. Aber meistens soll es gut gehen!

Hinter der Brücke beginnt der Museumskomplex der Gallerie dell' Accademia, ein Stückchen weiter sieht man die flachen, weißen Ausstellungsräume des Guggenheim-Museums. Hinter den auffälligen runden Schmuckfenstern des Palazzo Dario sollen viele schaurige Dinge passiert

Abb. oben | *Das ewige Provisorium: die hölzerne Accademia-Brücke*

Abb. unten links | *Immer eilig auf dem Weg zum nächsten Kunden*

Abb. unten | *Skandal am Canal Grande? Bestimmt im Palazzo Dario*

Abb. links | *Weithin sichtbar thront die Barockkirche Santa Maria della Salute auf der Landzunge*

Abb. unten | *„Venedig ist die Summe unserer Phantasien. Wasser, Licht, Farbe, Duft, Flucht, Verkleidung, Konzession… (Marlena De Blasi, Tausend Tage in Venedig)*

sein. Es wird erzählt, dass der Palazzo bisher keinem seiner Besitzer Glück gebracht habe. Daher steht er auch gerade wieder einmal leer.

Immer gut besetzt ist jedoch direkt gegenüber die Terrasse des Hotel Gritti. Der einmalige Blick über den Kanal, das gotische Gemäuer des Luxushotels im Rücken, ein traditionelles venezianisches Gericht auf dem Teller – was kann schöner sein? Weiter gleitet unser Boot vorbei an den ungewöhnlichen Glasmosaiken auf der Fassade des Palazzo Salviati am rechten Ufer. Unmittelbar vor der mächtigen weißen Kuppelkirche sehen wir noch ein flaches Haus aus gelbem Backstein, in das oben sehr unpassend große Atelierfenster eingebaut worden sind. Das Gebäude gehörte zum Komplex der säkularisierten Kirche San Gregorio. Hier begann schon während der Flitterwochen der Rosenkrieg zwischen Cary Grant und Barbara Hutton, und der Filmstar war sich wohl schon hier nicht mehr sicher, ob die Woolworth-Milliarden die Eheschließung wirklich rechtfertigten.

Der barocke Zentralbau der Kirche Santa Maria della Salute dominiert diesen letzten Abschnitt des Canal Grande. Wie die Kirche Il Redentore auf der Giudecca ist auch die Salute-Kirche aus Dankbarkeit für eine überstandene Pestepidemie gebaut worden. Und auch hier findet alljährlich im November eine Dankwallfahrt statt, allerdings haben die Pilger nur einen kurzen Weg zurückzulegen: einmal über den Canal Grande durch Boot-Hopping. Dicht an dicht bilden Schiffe eine stabile Brücke vom Ufer in San Marco bis zur Kirche Santa Maria della Salute. Der Bereich um die ehemalige Zollstation DOGANA DEL MAR wartet auf eine Renovierung, die Göttin Fortuna reckt auf der nicht mehr gold-glänzenden Erdkugel ihre Fahne in den Wind.

An den KÖNIGLICHEN GÄRTEN am linken Ufer, die nach Napoleon niemand mehr besonders beachtete, haben wir das Ziel unserer Tour erreicht. Der Canal Grande mündet hier in das Becken von San Marco, wir legen mit unserem Vaporetto am Anleger Vallaresso an.

Salsa Tartara e
Cacao Amaro
€ 1,00

Essen und Trinken gegen den Frust

Krimi-Schauplätze in „Verschwiegene Kanäle"

Die Giudecca-Insel historisch

Für die Namensfindung Giudecca bieten sich historisch zwei Möglichkeiten an: Ab dem 13. Jahrhundert sollen auf der Insel die im Stadtgebiet unerwünschten Juden (italienisch: giudei) gelebt haben, bis 1516 in Cannaregio das älteste Ghetto der Welt errichtet wurde. Eine andere, auch mögliche Erklärung für den Namen ist das venezianische Wort zudegà. Damit sind adlige Verurteilte (italienisch: giudicati) gemeint, die man schon ab dem 9. Jahrhundert auf die Insel verbannte. Beide Interpretationen passen in das Bild, das Donna Leon in ihren Romanen von der Insel zeichnet.

Brunetti fährt mit dem Boot auf die Giudecca, um dort in der Militärakademie San Martino den vermeintlichen Selbstmord eines Schülers zu untersuchen. Vom Anleger Zattere in Dorsoduro aus ist man mit dem Boot in fünf Minuten auf der gegenüberliegenden Insel, trotzdem erscheint sie Guido Brunetti immer noch so entfernt wie ein Galapagos-Archipel

Auch die Geschichte der Kirche Santa Maria della Presentazione, genannt Le Zitelle (die Jungfrauen), bestätigt den historischen Ruf der Giudecca. Im 16. Jahrhundert haben die hier ansässigen Jesuitenmönche armen Mädchen ein Zuhause gegeben, um sie vor der Prostitution zu bewahren. Die Mädchen wurden handwerklich ausgebildet, damit erhöhten sich ihre Chancen auf eine Heirat. Sie haben als erste die berühmten Spitzen Punto-in-aria hergestellt, die noch heute, zumeist jedoch als Kopie in Fabrik-Qualität, als beliebtes venezianisches Souvenir gelten.

Abb. links | *Die venezianische Variante der spanischen Tapas: Cichetti und Wein*

Abb. links | *Der breite Kai am Ufer der Giudecca wird von der gewaltigen Kirche Il Redentore beherrscht*

Auf der Insel Burano leben nur noch wenige Frauen, die diese alte Handwerkskunst beherrschen.

Als Ausflugsziel entdeckten die Stadtbewohner des 17. und 18. Jahrhunderts die Giudecca. Wenn die feuchte Sommerhitze auch nachts nicht aus den Gassen der Altstadt wich, war man mit dem Boot schnell auf der Insel und genoss die schattenspendenden Bäume und das kühlende Grün der Gärten. Der legendäre Giacomo Girolamo Casanova (1725–1798) fand hier seine stillen Plätzchen für geheimnisumwobene Rendezvous.

Im 19. Jahrhundert entwickelte sich die Giudecca zu einem industriellen Standort für das Veneto. Im westlichen Teil ließ ein Schweizer Unternehmer namens Giovanni Stucky durch den Hannoveraner Architekten Ernst Wullekopf eine Getreidemühle errichten, Mulino Stucky (im fünften Fall von Commissario Brunetti schaut man vom Zattere auf die „verlassene Kornmühle", Acqua alta, Seite 370). Für viele Jahrzehnte fungierte sie als eine der größten Nudelfabriken Italiens.

In der Nähe des mächtigen Backsteinbaus siedelte sich weitere Industrie an. Der deutsche Unternehmer Junghans stellte hier seine bekannten Uhren her, und die Witwe des Künstlers Mariano Fortuny gründete 1951 hier die Fabrik Tessuti Artistici Fortuny.

Wie um alle Industriestandorte in der Welt herum siedelte sich die dort arbeitende Bevölkerung in der Umgebung an. Es entstanden einfache, kleine Eigenheime mit winzigen Gärten und größere Gebäude mit Mietwohnungen.

Abb. oben | *Der eigene Garten steht auf der Giudecca schon mal vor der Tür*

Die Giudecca heute

Um 1990 herum, als der Roman „Venezianisches Finale" geschrieben wurde, berichtete Donna Leon über den Stadtteil folgendermaßen:

„Die Giudecca-Insel war ein Teil Venedigs, in den Brunetti selten kam. Obwohl man von der Piazza San Marco, ja eigentlich von der gesamten Vorderseite der Hauptinsel, die knapp hundert Meter hinüberschauen konnte, war sie vom Rest der Stadt doch seltsam isoliert. Die scheußlichen Geschichten, die man mit peinlicher Regelmäßigkeit in der Zeitung las, über Kinder, die von Ratten gebissen, oder Leute, die nach einer Überdosis tot aufgefunden worden waren, schienen immer auf der Giudecca zu passieren. Selbst die Anwesenheit eines entthronten Filmstars der fünfziger Jahre konnte ihren Ruf als unheimlichen, rückständigen Ort, wo schreckliche Dinge geschahen, im öffentlichen Bewusstsein nicht aufbessern."(Donna Leon, Venezianisches Finale, Seite 186)

Im 21. Jahrhundert zeigt die Giudecca ein völlig anderes Gesicht. Die östliche Spitze der Insel wird schon seit über fünfzig Jahren vom Luxus-Hotel Cipriani dominiert. Nach und nach sind die angrenzenden Gebäude mit herrlichem Ausblick auf San Marco in den

Abb. unten | *Vom Kai auf der Giudecca könnte der Ausblick nicht schöner sein*

Abb. links |
Atmosphärisch ein wenig wie die Hamburger Speicherstadt

Hotelkomplex integriert worden. Der Direktor des Cipriani spricht stolz von „unserer Skyline von Manhattan".

Die benachbarten Häuser sind alle in den letzten Jahren renoviert worden und strahlen Wohlstand aus. Brunetti war in „Venezianisches Finale" noch durch ein steinernes Tor und einen verwilderten Garten in das „heruntergekommene Gebäude im Hinterhof" gegangen. Eines der gepflegten Häuser gehört Elton John, im Nachbarhaus wohnt eine bekannte italienische Schauspielerin. Überhaupt ist dieser Teil der Insel „in" bei Prominenz und Geldadel: Man lebt hier viel ruhiger als in der Altstadt gegenüber, hat mehr Grün und dazu die spektakuläre Aussicht. Natürlich schlägt sich diese gestiegene Nachfrage in den Immobilienpreisen nieder.

Aber auch der ehemalige Industriestandort im Westen der Giudecca hat seine Renaissance erlebt. Im Jahr 2007 will die Hilton-Kette hier ein Hotel mit großem Kongresszentrum eröffnen. In der benachbarten Fabrik wird nach wie vor nach den Mustern von Mariano Fortuny und in der von ihm entwickelten Technik produziert. Die Stoffe werden in alle Welt exportiert, erfreuen sich aber auch zunehmender Beliebtheit in venezianischen Hotels, denn die orientalischen Muster harmonieren perfekt mit den klassischen dunklen Möbelstücken. Ein Ausstellungsraum ist zu besichtigen, und die freundliche Signora Lia berät gern beim Einkauf. Wenn sie besonders nett gebeten wird und die Zeit erübrigen kann, zeigt sie ihren Gästen viel-

Service | Fabrik Fortuny: Fortuny Tessuti Artistici S.p.A., Giudecca 805 | Öffnungszeiten des Geschäftes: montags bis freitags von 9 bis 12.30 Uhr und von 14 bis 17 Uhr. | Telefon 041-5287697 | Internet: www.fortuny.com

Abb. links | *Im Garten der Fabrik Fortuny verbringen die dreißig Mitarbeiter ihre Mittagspausen*

leicht den romantischen Garten, der die Fabrik umschließt. Glyzinien, Rosen und Wein bilden Spaliere, und ein kleiner Pavillon spendet Schatten.

Dem deutschen Fabrikanten Junghans hat man ein modernes Denkmal errichtet. Seine Uhren werden hier nicht mehr hergestellt, aber es ist ein großflächiges modernes Wohnzentrum entstanden, die Giudecca Nuova, in dessen Zentrum der Platz den Namen Campo Junghans trägt.

Vergebens sucht man hier neben dem Rio Santa Eufemia die Militärakademie San Martino. Auch in früheren Jahren hat in diesem Neubauviertel keine solche Schule gestanden. Wir erinnern uns: Im Roman hat es einen Todesfall gegeben, ein Kadett wurde erhängt aufgefunden, und der Kommissar fährt auf die Insel, um die Umstände zu untersuchen. Hier, auf der Giudecca, gibt es keine Schule, die beschriebene Militärakademie befindet sich jedoch in Venedig an anderem Ort.

Rund um die Redentore-Kirche, den Mittelpunkt der Insel, hat sich am Kai passend zum neuen Leben eine nett gemischte Infrastruktur entwickelt. Bei Harry's Dolci schmeckt der Bellini genau so gut wie in Harry's Bar, dazu noch mit spektakulärer Aussicht auf das gegenüberliegende Ufer von Dorsoduro, und ist trotzdem ein wenig günstiger als im Stammhaus in San Marco. Für Naschkatzen und -kater ist das Tortenparadies ein absolutes Muss.

Service | Harry's Dolci, Fondamenta San Biagio, Giudecca 773 Geöffnet von mittwochs bis sonntags von 10.30 bis 23 Uhr, montags nur am Vormittag. | Von November bis März geschlossen | Telefon 041-5224844 | Internet: www.cipriani.com

Il Redentore

Das bedeutendste Bauwerk der Giudecca, besonders eindrucksvoll vom gegenüberliegenden Ufer zu betrachten, ist die fast in der Mitte der Insel liegende Kirche Il Redentore (der Erlöser). Wenn die Augen müde geworden sind vom Betrachten der üppigen Schönheiten venezianischer Schätze, können sie ausruhen beim Anblick der harmonischen, klassischen Strenge dieser Kirche. Dieses Meisterwerk des Klassizismus ist einer der berühmtesten Bauten des Architekten Andrea Palladio.

Hinter einer eindrucksvollen Freitreppe präsentiert sich die Fassade aus strahlend weißem Marmor in streng symmetrischer Harmonie. Vier schlanke Säulen tragen den schlichten Dreiecksgiebel, zwei Statuen in Mauernischen zwischen den äußeren Säulen sind der einzige Schmuck. Die zentrale Rundkuppel wird von zwei Spitztürmchen eingerahmt. Der einschiffige Innenraum vermittelt das Gefühl, sich in einem Tempel der römischen Antike aufzuhalten. Gemälde aus den Schulen der großen Venezianer Jacopo Tintoretto und Paolo Veronese unterstreichen den Eindruck schlichter Schönheit. Für die Venezianer liegt die Redentore-Kirche „am anderen Ufer". Einmal im Jahr jedoch erinnert man sich an ihre Entstehungsgeschichte: Als die Stadt 1576 eine Pestepidemie überstanden hatte, baute man aus Dankbarkeit die Erlöserkirche (Il Redentore). Jedes Jahr danken die Venezianer auf ihre Weise erneut dem Erlöser: Am dritten Wochenende im Juli wird der Giudecca-Kanal durch eine Schwimmbrücke an die Stadt angebunden, man kann bequem hinüberlaufen und sein Dankgebet sprechen. Natürlich gehören Familientreffen mit traditionellen Speisen und ein spektakuläres Feuerwerk über dem Canal Grande zu einem echten Feiertag.

Service | Kirche Il Redentore, Fondamenta San Giacomo, Giudecca | Geöffnet täglich von 10 bis 17 Uhr | Eintrittspreis ca. 2,50 Euro, günstiger mit Chorus-Pass | Telefon 041-5240672 | Internet: www.chorus-venezia.org

Hintergrund | *Andrea Palladio, Architekt (1508 - 1580)*

„Je mehr man Palladio studiert, um so unglaublicher kommt einem des Mannes Genie vor." (Johann Wolfgang von Goethe: Italienische Reise, 1786)

Der Steinmetz Andrea Palladio strebte schon früh nach Höherem. Er bildete sich humanistisch und studierte Architektur. Auf seinen Reisen nach Rom manifestierte sich die Liebe zur antiken Baukunst mit ihren ausgeprägten mathematischen und symmetrischen Formen. In der Zeit der Hochrenaissance entwickelte er einen Baustil, der von den zeitgemäßen Formen deutlich abwich. Seine geraden, strengen Linien und die harmonische Bauweise brachte ihm in der Geschichte der Baukunst das Attribut Palladianischer Klassizismus ein.

In Venedig hat er die zuvor beschriebene Kirche Il Redentore erbaut, und auch die Fassade der Klosterkirche Le Zitelle auf

Abb. links | *Die Erlöserkirche ist das Meisterwerk des Architekten Andrea Palladio*

der Giudecca geht auf seinen Entwurf zurück. Zu seinen Meisterwerken gehört die Kirche San Giorgio Maggiore auf der gleichnamigen kleinen Nachbarinsel der Giudecca.

Vielleicht hat er nicht daran geglaubt, dass seine Bauwerke noch Jahrhunderte später die Menschen beeindrucken. Um etwas garantiert Bleibendes zu hinterlassen, schrieb er 1570 seine Sichtweise der Architektur in vier Bänden auf: „Quattro libri dell'architettura".

In seiner Heimatstadt Vicenza hinterließ er zahlreiche Baudenkmäler wie das Teatro Olimpico und die Basilika. Zwischen Venedig und dem Gardasee leuchten über das Veneto verstreut seine weißen Villen zahlreichen Kunstliebhabern entgegen, die auf Palladios Spuren durch das Land reisen. Die Inspiration hatte er in den Landhäusern rund um Rom gefunden, die im Auftrag der damaligen Päpste errichtet worden waren. Palladios vermutlich bekanntestes Werk ist die nahe Vicenza gelegene Villa Rotonda. Nach dem Vorbild des römischen Pantheon baute er ein quadratisches Wohnhaus mit einer zentralen Kuppelhalle. Streng seinen eigenen Maßstäben folgend setzte er außen an allen vier Seiten identische Säulenhallen davor. Ein Genuss für Augen und Seele – zum Wohnen eher ungeeignet.

Im Stil von Andrea Palladio bauten bis weit in das 17. Jahrhundert hinein viele Architekten im mitteleuropäischen Raum. Beispiele dafür sind das Schloss Wörlitz bei Dessau, Chiswick House bei London und zahlreiche englische Landsitze. Auch der nordamerikanische Kolonialstil basiert auf den Grundstrukturen von Andrea Palladio.

Service | Studienreisen zu den Villen Palladios:

SKR Studienreisen | Kurfürstenstraße 5, 53177 Bonn | Telefon 0228-9357324 | E-Mail: info@skr.de

Mainka-Reisen GmbH | Domstraße 2, 97070 Würzburg | Telefon 0931-53141 | E-Mail: info@mainka-reisen.de

Scuola Navale Militare Morosini

Geht man von San Marco aus nach links am Ufer entlang, der Riva degli Schiavoni folgend, hat man nach acht Brücken die Parkanlage erreicht, in der das Biennale-Gelände liegt. Am Ende des Ufers führt eine letzte Brücke hinüber auf die Insel Sant'Élena. Auf dem äußeren Zipfel dieser Insel steht man vor der Militärakademie, der einzigen in Venedig. Das Areal ist eingezäunt und als Zona militare gekennzeichnet und abgeriegelt.

Wie beschrieben, findet sich auf der Giudecca keine Militärakademie San Martino. So wie im Roman beschrieben, hat hier auch nie eine existiert. Es gibt jedoch eine Militärakademie in Venedig, und es gibt auch San Martino.

Erstmals wurde an dieser Stelle im Jahr 1937 eine Kollegschule eingerichtet, die auf die Offizierslaufbahn in der Marine vorbereiten sollte. Nach dem Zweiten Weltkrieg wurde diese Schule geschlossen. Als die Nachfrage nach einer privaten Akademie erneut anstieg, entschloss man sich 1961, ein Internat nach internationalem Vorbild zu eröffnen. Die Schule erhielt den Namen des Dogen Francesco Morosini, der als Seeheld 1687 für die Eroberung Athens verantwortlich gezeichnet hatte.

Abb. oben | *Militärisches Gebiet – Eintritt verboten*

Im Roman „Verschwiegene Kanäle" soll die Akademie 1852 von Alessandro Loredan gegründet worden sein, einem Gefolgsmann des späteren Generals Garibaldi. Ob der Doge Leonardo Loredan, der Venedig von 1501 bis 1521 führte, dreihundert Jahre später einen Nachfahren Alessandro hatte, ist nicht bekannt. Sicherlich hat er, wenn es ihn gab, die beschriebene Militärschule nicht gegründet.

Service | Scuola Navale Militare Morosini, Viale Piave 30 A, Sant'Élena, 30132 Venezia | Vaporetto-station Sant'Élena | Internet: www.marina.difesa.it

In Donna Leons Roman ist die Akademie „in erster Linie dazu da, den Söhnen reicher Patrizierfamilien den letzten Schliff zu geben, bevor sie in die Fußstapfen ihrer Väter treten, um in der Armee oder anderswo Karriere zu machen. Und beim Militär werden ihnen ja ohnedies keine ernsthaften intellektuellen Anforderungen gestellt." (Donna Leon, Verschwiegene Kanäle, Seite 140). An anderer Stelle schreibt sie, dass „die meisten Absolventen der Kadettenschule gleich im Leutnantsrang von der Marine übernommen worden und fortan zügig aufgestiegen waren." (Donna Leon, Verschwiegene Kanäle, Seite 86). Die Sekretärin Signorina Elettra schämt sich wegen einer früheren Freundschaft mit einem Kadetten und sagt, dass „er Faschist war, wie der ganze Verein damals und wahrscheinlich auch heute noch."

Sicher ist, dass es sich bei der Scuola Navale Militare um eine private Akademie handelt, die sich entsprechend entlohnen lässt. Dass damit eine deutliche Selektion einhergeht, ist nicht zu bezweifeln. Der derzeitige Leiter ist ein capitano mit traditioneller Offizierslaufbahn.

Wenn Paola kocht …

Guglielmos Suppe

„Diese Suppe hilft gegen Würmer und hohen Blutdruck. Guido denkt, daß der viele Knoblauch doch gegen Vampire gut ist, vielleicht hilft er auch gegen seine Verzweiflung?" (Donna Leon, Verschwiegene Kanäle, Seite 98).

Paolas und Guidos Freund Guglielmo war vier Jahre Militärattaché in Kairo und hat von dort viele arabische Gerichte mit nach Venedig gebracht. Für seine berühmte Suppe schmort man zwölf ganze Knoblauchzehen langsam in Olivenöl an. Währenddessen werden dreihundert Gramm Möhren in

Scheiben geschnitten und fünfhundert Gramm Tomaten gehäutet. Möhren und kleingeschnittene Tomaten kommen in den Topf, dazu je nach Geschmack ein Liter Gemüsebrühe oder Fischfond, Salz und Pfeffer nach Geschmack und „ein Hauch Rosmarin". Nach fünf Minuten gibt man Shrimps oder Muscheln hinzu und lässt die Suppe weitere fünf Minuten köcheln.

Ob die Suppe gegen Vampire oder Verzweiflung hilft, weiß man nicht so genau, bestimmt verschafft sie jedoch einen freien Platz auf dem Vaporetto.

Arsenale

Im Jahr 1104 begann man auf der kleinen Werft in Castello eine der wachsenden Seemacht adäquate Schiffsbauanlage zu errichten. Zwei kleine versumpfte Inseln wurden trockengelegt, im Laufe der folgenden Jahrhunderte entstand ein Werftgelände von zweiunddreißig Hektar Größe. Bis zu zwanzigtausend Männer aus allen Gewerken arbeiteten hier: Schreiner und Zimmerleute, Schmiede, Gießer, Seiler, außerdem Hersteller von Schießpulver, denn natürlich wurden auch Waffen produziert. Der Leiter des Arsenale stammte traditionell aus dem Adel. Die Bedeutung seiner drei direkten

In der Romanverfilmung findet man als Kulisse für die Militärakademie einen dritten Standort: Nicht auf der Giudecca wurde gefilmt, nicht auf Sant'Élena, wo sich die Schule in der Realität befindet, sondern im historischen Arsenale

Abb. links | *Ehemals Werft und Waffenschmiede*

Untergebenen zeigte sich in der Bezeichnung ihrer Wohnhäuser: Himmel, Fegefeuer und Hölle wurden sie von den Arbeitern genannt.

Im 15. Jahrhundert wurde in der Werft nach so effizienten Regeln gefertigt, dass man hier die Wiege der Industrialisierung suchen darf. Sowohl für Galeeren wie auch für Handelsschiffe existierten genormte Einzelteile. Wie in der heutigen Autoindustrie wurde in speziellen Fertigungshallen gearbeitet. In kürzester Zeit war es möglich, eine Handelsflotte für einen Krieg umzurüsten. In der Blütezeit besaß Venedig über dreitausend Schiffe. Mit dem Untergang der Seemacht verfiel auch die Werft und Waffenschmiede.

Heute wird ein Teil des Geländes von einer privaten Werft genutzt, ein weiterer dient als Kaserne. Große Bereiche stehen leer und verfallen, die Nutzung während der Biennale für Ausstellungen kommt in den letzten Jahren aber mehr und mehr in Schwung.

Eine über drei Kilometer lange Mauer riegelt das Gebiet zum Wasser hin hermetisch ab. Von der Landseite her hat der Besucher am Eingangstor genauso wenig Erfolg, einen Blick hinein zu werfen, denn hier verhindert ein Soldat das Betreten des militärischen Traktes. Der Landeingang entschädigt die draußen Gebliebenen durch einen herrlichen Renaissancebau in ziegelrotem Backstein mit weißem Marmor. Die wuchtigen Begrenzungstürme an beiden Seiten tragen byzantinische Kapitelle mit Zinnen. Über dem Portikus bewacht der geflügelte Markuslöwe den Eingang. Seine Kollegen zu beiden Seiten der Treppe sind Beutestücke aus Griechenland und schauen etwas dümmlich in die Linsen der Fotografen. Dieser Sichtweise schließt sich auch Guido Brunetti an: „Wie jedes Mal, wenn er an der Werft vorbeikam, fragte er sich, ob den Bildhauern, die die Statuen vor dem Portal geschaffen hatten, wohl je ein echter Löwe untergekommen war. Zumindest einer der

beiden hatte größere Ähnlichkeit mit Poppi als mit irgendeinem Löwen, den Brunetti je gesehen hatte.“ (Donna Leon, Beweise, daß es böse ist, Seite 141). Dass man das auch durchaus anders beurteilen kann, überliefert uns der alte Geheimrat:

Ruhig am Arsenal stehn zwei altgriechische Löwen;
Klein wird neben dem Paar Pforte, wie Turm und Kanal.
Käme die Mutter der Götter herab, es schmiegten sich beide
Vor den Wagen, und sie freute sich ihres Gespanns.
Aber nun ruhen sie traurig; der neue geflügelte Kater
Schnurrt überall, und ihn nennet Venedig Patron.

Johann Wolfgang von Goethe

Erbeutet hat die altgriechischen Löwen der Seefahrer und spätere Doge Francesco Morosini, nach dem die Militärakademie auf Sant'Élena benannt ist. Und damit der Kreis der Verwirrung rund um die Kadettenschule aus Donna Leons Roman sich schließt, lüften wir noch das Geheimnis um ihren dortigen Namen „San Martino“. So heißt die kleine Kirche aus dem 16. Jahrhundert, die nach einem Entwurf des Architekten Sansovino erbaut wurde und, welche Überraschung, direkt neben dem Arsenale liegt.

Service | Arsenale, Castello 2407, Campo de Arsenal | Vaporettostatio Arsenale | Besichtigung nur von außen

Abb. linke Seite | *Guido Brunetti nennt ihn Poppi*

Abb. links | *Goethes Freunde*

Das östliche Dorsoduro

Dorsoduro heißt übersetzt „harter Rücken". Die Begründung für diesen ungewöhnlichen Namen findet sich im Untergrund: Der Stadtteil steht als einziger Venedigs nicht auf Pfählen, sondern auf festem Grund.

Dorsoduro hat viele Gesichter. Am Ufer des Canal Grande reihen sich die Museen wie Perlen auf einer Schnur. Rund um die Accademia, die Cà Rezzonico und das Guggenheim-Museum haben sich viele kleinere Galerien und Geschäfte angesiedelt, die diesen östlichen Teil Dorsoduros zu dem im Roman „Beweise, daß es böse ist" (Seite 238) geschmähten „Kunstsupermarkt" machen. Aus der gotisch und Renaissance-geprägten Sicht des Venezianers ist das vielleicht verständlich, aber auch Venedig ist im 21. Jahrhundert angekommen. Und vielleicht sollte

Der Kommissar besucht den Vater des toten Kadetten in seiner Wohnung in Dorsoduro. Er glaubt nicht an einen Selbstmord und möchte mehr über die Lebensumstände des Toten erfahren.

Abb. rechts | *Verkehrsfreie Zone auf dem Campo Santa Margherita*

Abb. unten | *Am Rio San Barnaba lebt man gut und gern*

man nicht vergessen, dass auch die großen Maler der Stadt in ihrer Zeit nicht unumstritten waren und experimentiert haben. Ob alle Gemälde Tintorettos, die zu Hunderten die Kirchen und Museen schmücken, wirklich die ganz große Kunst bedeuten – wer will hier zur Gegenwartskunst vergleichende Maßstäbe anlegen? Ein Rundgang durch die Gassen unterhalb des Guggenheim-Museums bis hin zum Campo San Barnaba bietet sicherlich jedem etwas.

Am Ufer des Rio San Barnaba, gleich neben dem Campo, liegen einträchtig nebeneinander zwei Boote, die der beliebten Wohngegend den Wochenmarkt ersetzen: eins mit frischem Gemüse, das andere mit Obst bestückt. Genauso begehrt ist ein Stückchen weiter der frische Fisch auf dem Campo Santa Margherita. Der Verkaufsstand wird an jedem Wochentag frühmorgens auf- und am Nachmittag wieder abgebaut, wobei er seine unverwechselbare Duftmarke hinterlässt.

Auf diesem riesigen Platz tummelt sich das venezianische Leben: Natürlich lockt die Eisdiele zahlreiche Touristen an, vor den beiden Restaurants warten die unvermeidlichen „Schlepper" mit dem vielgepriesenen „menu turistico" – lieber nicht! Dazwischen nuckelt ein Baby auf dem Arm der Nonna (das ist die Großmutter) am Fläschchen, während der große Bruder auf dem Roller die Jagdsaison auf Touristenfüße in Sandalen eröffnet hat. Völlig unbeirrt vom lebhaften Trubel dösen zwei ältere Herren in der Sonne vor sich hin. Abends mutiert dieser Platz zum Szene-Treff. Vor dem Essen nimmt „man" hier gern einen Aperitif, später sind es vorwiegend Studenten, die dem sonst so verschlafenen Venedig bis in die Nacht hinein trotzig zeigen, wie gefeiert wird.

An der Scuola Grande dei Carmini vorbei, einem Bruderschaftshaus der Karmeliter, gelangt man nach Süden an das Ufer Zattere, Flaniermeile und Sonnenterrasse der Stadt. Der Name erinnert an Seefahrer mit Flößen, die in der Bauzeit Venedigs hier anlegten und von weit her Baumstämme für den Untergrund anlieferten.

Fast den ganzen Tag bietet diese Promenade ungehinderten Sonnenschein. Am Vaporetto-Anleger San Basilio fällt der Blick zunächst auf mindestens ein riesiges Kreuzfahrtschiff, dessen Gäste gerade Venedig an einem Tag erleben. Schwere Fährschiffe pendeln ebenfalls durch den Canale della Giudecca und verbinden die östliche Adria mit dem italienischen Festland.

In den benachbarten Palästen logieren selbstverständlich die Hafenverwaltung und das Seefahrtsamt. Aber auch die Nähe zur Universität (Cà Foscari am Canal Grande) zeigt ihre Spuren. Die Uni-Bibliothek liegt hier ebenso wie die französische, die deutsche und die englische Fakultät der Hochschule, vielleicht also der Arbeitsplatz von Brunettis Frau Paola, Dozentin für englische Literatur.

Natürlich fehlen auf dem breiten Kai weder Bänke zum Ausruhen noch kulinarische Angebote. Berühmt ist die Gelateria Nico für hervorragendes Eis; Pizza ist hier am Ufer ebenso im Angebot wie die traditionelle venezianische Küche.

Das dominierende Gebäude an der Fondamenta dei Zattere strahlt mit weißer Fassade der Sonne entgegen: die Gesuati-Kirche.

Abb. unten | *Auf der Landspitze von Dorsoduro liegt die ehemalige Zollstation*

Hintergrund | *Chiesa I Gesuati (Santa Maria del Rosario)*

Der Orden der Poveri Gesuati (keine Jesuiten!) lebte seit dem 14. Jahrhundert in Dorsoduro. 1493 waren die Brüder durch mehrere Erbschaften in der Lage, am Ufer des Giudecca-Kanals ein Kloster mit kleiner Kirche bauen zu lassen. Als im 18. Jahrhundert nach der Auflösung des Ordens Dominikaner die Anlage übernahmen, beauftragten sie den Architekten Giorgio Massari mit dem Bau einer neuen Kirche. Im streng klassizistischen Stil Andrea Palladios, der zweihundert Jahre zuvor Maßstäbe setzte, entwarf er eine Fassade, die den Vorbildern des großen Meisters nicht nachstand. Hat man doch hier, am Ufer der Zattere, den palladianischen Rundblick auf die Kirchen Redentore am Ufer der Giudecca, weiter hinten die Zitelle und San Giorgio Maggiore auf der gleichnamigen kleinen Insel.

Der Innenraum zeigt sich als großzügige, helle Saalkirche. Die Deckenfresken von Giovanni Battista Tiepolo widmen sich dem Stifter der Kirche, Domenicus und dem Geheimnis des Rosenkranzes, namensgebend für die Kirche (Rosario). Mit Altarbildern von Jacopo Tintoretto, Giovanni Battista Piazzetta und anderen venezianischen Malern des 18. Jahrhunderts besticht der Innenraum zeitgemäß im Stil des Rokoko, allerdings in dezenter Würde.

Abb. rechts | *Die Kirche I Gesuati wurde im Stil des Architekten Andrea Palladio gebaut – 150 Jahre nach dessen Tod*

Service | Santa Maria del Rosario, Dorsoduro, Fondamenta delle Zattere | Vaporettostation Zattere | Geöffnet montags bis samstags von 10 bis 17 Uhr | Eintritt ca. 2,50 Euro, günstiger mit Chorus-Pass | Telefon 041-15230625 | Internet: www.chorus-venezia.org.

Weiter östlich, immer am Zattere-Kai entlang, ist in einem ehemaligen Hospiz am Campiello degli Incurabili (der Unheilbaren) die neue venezianische Kunsthochschule entstanden. Hinter der nächsten Brücke steht man vor dem mächtigen Gebäude der alten Salzlager. Es wird derzeit restauriert und soll demnächst als Erweiterungsbau des Guggenheim-Museums dienen.

Ob das auch für den benachbarten Ruderclub Bucintoro gilt, ist nicht erkennbar. Donna Leon schreibt in ihrem Roman: „...vertrieben von den Guggenheim-Millionen, musste er seinen Anleger räumen, um noch mehr Touristenläden Platz zu machen." (Donna Leon, Verschwiegene Kanäle, Seite 49/50). Im Winter 2006 liegen hinter den großen Toren des Ruderclubs noch zahlreiche Boote, und Mitarbeiter in dunkelroter Arbeitskluft mit goldfarbenem Wappen rüsten sie für die Saison.

Das spitz zulaufende Ende des Stadtteils zwischen Canal Grande, dem Becken von San Marco und dem Canale della Giudecca beherbergte früher die Zollstation, die Dogana del Mar. Als vor San Marco noch Handelsschiffe aus aller Welt anlegten, wurde hier zuvor die Ware begutachtet und verzollt. Die Gebäude auf der Landspitze machen heute einen vernachlässigten Eindruck, die früher weithin sichtbare vergoldete Erdkugel leuchtet nicht mehr. Das Gerücht, dass der Besitzer des Palazzo Grassi, der französische Großunternehmer Pinault, sie gekauft haben soll und hier einen weiteren Kunsttempel plant, weisen Venezianer empört zurück. Man wird sehen! Doch schon lange thront mächtig und unübersehbar die barocke Salute-Kirche auf diesem Zipfel des Stadtteils Dorsoduro.

Santa Maria della Salute

Abb. oben | *Nach der Pestepidemie wünschte man sich Gesundheit (salute) und baute diese Kirche*

Im 16. Jahrhundert nach überstandener Pestepidemie ließ man durch Andrea Palladio zum Dank auf der Giudecca die Kirche Il Redentore – der Erlöser, bauen. Auch im nachfolgenden Jahrhundert wütete die schreckliche Epidemie erneut in Venedig und forderte wiederum ihre Opfer. Die Überlebenden dankten Gott zum zweitenmal mit dem Bau eines Gotteshauses und beauftragten den noch jungen Baldassare Longhena mit dem Entwurf.

Eine großflächige Basilika konnte auf dieser schmalen Landspitze nicht entstehen. So entschied Longhena sich für einen wuchtigen Zentralbau auf achteckigem Grundriss mit einer monumentalen Kuppel. Die äußere Gestaltung mit zahlreichen Säulen und Figuren, ornamentalem Dekor und einer großzügigen Freitreppe entspricht dem barocken Zeitgefühl. Im Inneren fällt zunächst die für einen Sakralbau ungewöhnliche Nord-Süd-Achse zwischen Portal und Hochaltar auf, sicherlich eine Konzession, um den Haupteingang am Ufer des Canal Grande anlegen zu können. Man geht über einen beeindruckenden Mosaikboden in lebhaften Mustern und Farben. Acht mächtige eckige Säulen mit korinthischen Kapitellen stützen den Innenraum. In den Seitenaltären wie auch in der Sakristei finden sich großformatige Gemälde aus den Schulen der berühmtesten venezianischen Maler. Herausragende Werke zeigen Tizians „Pfingstwunder" und eines seiner frühen Bilder mit dem Heiligen Markus.

Service | Santa Maria della Salute, Dorsoduro 1, Campo della Salute | Vaporettostation Salute | Geöffnet täglich von 9 bis 12 und von 15 bis 18 Uhr, Eintritt frei | Telefon 041-27439228 | Internet: www.marcianum.it/salute

Abb. links | *Im Kloster San Gregorio leben keine Mönche mehr, und im Nachbarhaus lebt kein Dr. Moro, sondern Hotelgäste*

Das niedrige Backsteinhaus neben der Kirche, wo im Roman der Vater des getöteten Kadetten lebt, gehörte früher zum Komplex der englischen Gemeinde in Venedig, San Gregorio. Schon seit Jahrzehnten ist es ein Wohnhaus, an der Seite zum Canal Grande in der oberen Etage mit ungewöhnlich großen Atelierfenstern renoviert. Der amerikanische Filmstar Cary Grant verbrachte in diesem Haus seine Flitterwochen mit Barbara Hutton. Das Haus daneben mit der Nummer 111, im Roman das Wohnhaus des Dr. Moro, zeigt als Baujahr 1874 an. Es ist ein elegantes, frisch renoviertes Haus und beherbergt das Hotel Cà Maria Adele.

Auf der Suche nach der Wohnung von Signora Moro und der Wegbeschreibung strikt folgend findet sich hier ein Wohnhaus mit der Nummer 1614 A. Auch in unmittelbarer Nähe bewegen sich die Hausnummern nicht im Bereich von 2823. Doch zwischen dem Canal Grande und dem Campo San Stefano trägt ein niedriges, gelb gestrichenes Gebäude diese Hausnummer. Es liegt direkt hinter dem Palazzo Barbaro, und genau an dieser Stelle muss sich vor über zweihundert Jahren der Garten des Palastes befunden haben. Mit der Wegbeschreibung „gleich hinter dem Markusplatz“ hat Donna Leon hier eine falsche Fährte gelegt.

Der Vater des getöteten jungen Mannes ist der ehemalige Politiker Dr. Moro. Er wohnt in Dorsoduro gleich bei der Salute-Kirche in dem Haus neben dem niedrigen Backsteinhaus mit der üppigen Blumenterrasse. Auch die Mutter sucht der Commissario auf, in San Marco 2823. Dazu geht er über die Piazza San Marco, biegt vor dem Museum Correr ab, gelangt in die Einkaufsstraße „frezzeria“, dann die erste Calle links und der zweite Eingang rechts, oberste Klingel.

Hintergrund | *Venedigs Adressen-Labyrinth*

Venezianische Postboten hätten bei Wetten, dass? gute Chancen auf den Posten des Wettkönigs. Eine Adresse wie in unserem Roman San Marco 2823 stellt jeden Nicht-Venezianer vor ein schier unlösbares Problem. Wenn man die dazu gehörende Straße nicht kennt, ist es kaum möglich, das richtige Haus zu finden, zumal die Suche durch zahlreiche Sackgassen erschwert wird. Um es noch verwirrender zu gestalten, ist noch nicht einmal jedes Haus mit einer sichtbaren Hausnummer versehen.

Freut man sich jedoch über eine Anschrift wie man sie gewöhnt ist, mit Straßennamen und Hausnummer, ist trotzdem Vorsicht geboten. Es kann passieren, dass man, dem Stadtplan folgend, in San Marco sucht, es aber eine gleichnamige kleinere Straße in Castello gibt.

So stehen im Mai 2006 zwei Touristinnen aus Bremen mit ihren Koffern in Dorsoduro und suchen dort ihr Hotel. Sie suchen lange, und erst ein Rückruf aus Deutschland, wo inzwischen fieberhaft nach der richtigen Adresse gesucht wurde, bringt die Gewissheit: Das Hotel liegt auf der anderen Seite des Canal Grande in San Marco, die Straße heißt genauso wie jene, in der die Damen inzwischen seit einer Stunde mit ihren Koffern warten.

Abb. links | *Die Adresse stimmt – aber es wohnt keine Signora Moro im gelben Haus*

Die Fahrt mit dem Wassertaxi dauert nur zwei Minuten und kostet dreißig Euro.

Es ist sehr sinnvoll, sich außer der Postanschrift (Stadtteil mit Nummer) unbedingt den Straßennamen und am besten ergänzende Details wie „nahe der Kirche SS. Giovanni e Paolo" sagen zu lassen. Im Notfall macht es immer Sinn, einen Menschen zu fragen, der wie ein Einheimischer aussieht, denn Venedig ist ein Dorf – man kennt sich! Im Roman „Acqua alta" fragt der Commissario die Kioskbesitzerin Maria nach Cannaregio 6134, und siehe da, sie beschreibt ihm sofort den Weg zu L'Americana, das ist die Amerikanerin Brett Lynch, und hat zusätzlich noch eine Menge Informationen über die Nachbarn parat.

Seit einiger Zeit findet man Postleitzahlen vor der Stadt Venedig, die es aber nur dem Zusteller leichter machen. Für den Fremden bleibt das System eines der letzten ungelüfteten Geheimnisse.

„Es ist eine sonderbare, knifflige Stadt, und von irgendeinem Punkt nach irgendeinem anderen gegebenen Punkt zu gelangen, ist amüsanter als Kreuzworträtsel lösen."
Ernest Hemingway

Abb. links | *Nur 5562 Hausnummern in einem Stadtteil – dann geht's ja!*

Kulinarischer Streifzug durch Venedig

Die Bar an der Brücke

Wenige Schritte von Brunettis Arbeitsplatz entfernt liegt neben der Ponte dei Greci die Stammkneipe der Polizisten für den Mittagsimbiss. Wenn Brunetti und Vianello nicht nach Hause gehen können, essen sie hier in der „Bar an der Brücke" frustriert jede Menge Panini und Tramezzini, trinken dazu einen Liter Wein, dann folgen Caffè und gelegentlich noch ein Grappa und unweigerlich der Seufzer, dass „das wirklich kein richtiges Mittagessen" sei.

Wir entscheiden uns für ein kleines Mittagessen und bestellen Carpaccio mit Rucola und Parmesan zum erstaunlichen Preis von 7,90 Euro. Es kommt kein hauchdünnes frisches Rinderfilet, sondern luftgetrocknetes, also das toscanische Bresaola. Ob die meisten Touristen das wirklich nicht merken? Der Rucola ist knackig, der Parmesan frisch und großzügig gehobelt, es schmeckt ausgezeichnet. Einen Liter Wein wie die beiden Polizisten vertragen wir mittags nicht, aber den Caffè nehmen wir auch.

Allerdings vermissen wir den von Donna Leon gelegentlich versprochenen Ausblick auf die Insel San Giorgio Maggiore. Den hat man nur vom Ufer Riva degli Schiavoni aus, und dort findet sich keine einzige Bar neben den Brücken, sondern nur Hotels mit eigenen Restaurants.

In diesem Roman wird unglaublich viel gegessen, wie Brunetti sagt, „gegen den Frust der Ungerechtigkeit." Daher sollen an dieser Stelle die vielen Bars, Cafés und Restaurants Erwähnung finden, die der Commissario tagsüber aufsucht. Einbezogen werden auch Lokale aus den anderen beschriebenen Romanen.

Service | Crazy Bar, Castello 4977, Fondamenta dell'Osmarin, Ponte dei Greci | Vaporettostation San Zaccaria | Telefon 041-5205813

Abb. unten | *„Crazy" heißt die Bar an der Brücke, dieser Anblick ist im Karneval aber nicht crazy, sondern völlig normal*

Wenn Paola kocht …

Ravioli di Zucca

Im Roman „Verschwiegene Kanäle" klärt der Kommissar den tragischen Tod eines jungen Mannes auf, der im Alter seines Sohnes ist. Daher sind gemeinsame Mahlzeiten mit der Familie noch wichtiger als sowieso schon. „Insgeheim verglich er sein Wohlgefühl in dieser Situation bisweilen mit dem eines Tieres, das nach anstrengender Jagd in den sicheren Bau zurückkehrt und sich, von seinen Jungen gewärmt, genüßlich über die frisch erlegte Beute hermacht." (Donna Leon, Verschwiegene Kanäle, Seite 145)

Kürbis hat in den vergangenen Jahren alle Küchen Europas erobert, um nicht zu sagen überrollt. Ravioli mit Kürbisfüllung haben keinen traditionell venezianischen Hintergrund, sondern stammen eher aus dem Piemont. Das Gericht erfordert Zeit und Aufwand, den Paola, wie wir alle wissen, nicht scheut. Man zerteilt etwa ein Kilo gelben Kürbis in große Stücke und backt diese eine Stunde im Ofen bei 170 Grad. Danach entfernt man die Kerne und löst das Fruchtfleisch aus der Schale. Der abgekühlte Kürbis wird püriert, dann rührt man vier Kaffeelöffel Honigsenf und fünfzig Gramm fein zerriebene Amaretto-Plätzchen darunter. Mit Salz und Pfeffer, einem Hauch Muskat und etwa einem Esslöffel Zitronensaft wird die Füllung abgeschmeckt. Zum Schluss rührt man noch fünf Esslöffel frisch geriebenen Parmesankäse unter und stellt die Füllung in den Kühlschrank. Aus vierhundert Gramm Mehl, drei Eiern und Salz entsteht ein Pastateig. Der Teig muss ganz glatt und elastisch sein, aber das hat jede italienische Mamma in den Fingern. Nach einer Ruhezeit von etwa dreißig Minuten rollt man den Teig dünn zu vier

Abb. links | *„Allein zu essen ist für einen philosophierenden Gelehrten ungesund" (Immanuel Kant)*

gleich großen Rechtecken aus. Im Abstand von fünf Zentimetern gibt man jeweils etwa nussgroße Stücke der Füllung auf das erste Rechteck des Pastateigs. Im selben Abstand wird darunter die zweite Reihe angelegt, und so weiter. Mit einem Pinsel trägt man zwischen den Füllungshäufchen mit verquirltem Ei ein Gitter auf. Die zweite Teigplatte wird aufgelegt, zwischen der Füllung mit dem Finger vorsichtig angedrückt. Natürlich besitzt Paola ein Teigrädchen. Damit schneidet man nun fünf Zentimeter große Quadrate aus. Alle Ränder müssen gut angedrückt werden. Mit den zwei übrigen Teigplatten wiederholt man die Prozedur. Die Ravioli müssen auf einem bemehlten Brett, mit einem Küchentuch zugedeckt, noch eine halbe Stunde ruhen.

In sprudelndem Wasser gekocht, sind die Ravioli schon nach vier Minuten fertig. Klassisch werden sie mit leicht gebräunter heißer Butter und frisch gehobeltem Parmesan serviert. Außerhalb Italiens darf man natürlich auch Pecorino-Käse darüber reiben oder hobeln, in Venedig könnte das als Todsünde bestraft werden. Im Norden, das heißt Veneto und Piemont, isst man Parmesan, im Süden – der beginnt schon bei Bologna und endet in Rom – hat der Pecorino seine Tradition. Südlich von Rom beginnt für Mailänder und Venezianer Afrika! Wie sich die Geschichten der Länder doch gleichen – wie war das noch mit Weißwurst und Labskaus?

Eine ombra und was dazu gehört im Do Mori

Vor der Bar Cantina Do Mori erkennt ein vorbeilaufender, fast zahnloser, alter Venezianer die Touristen mit dem Stadtplan in der Hand und wirbt: „Ecco qui! Primo vino di Venezia!" Damit kann er sowohl gemeint haben, dass es hier den „besten" Wein von Venedig gibt, aber auch, dass hier die erste und älteste Weinbar der Stadt liegt. Letzteres stimmt. Die älteste Weinbar Venedigs aus dem Jahr 1462 streckt

Das Do Mori ist Brunettis Lieblingsbar, „wenn es auch nicht mehr so ist wie früher … seit Roberto und Franco das Lokal verkauft haben" (Donna Leon, Beweise, daß es böse ist, Seite 51).

Abb. links | *Gemütlich, lecker – noch Wünsche offen?*

sich lang und schmal zwischen zwei Gassen. Dichtgedrängt steht man unter Kupferkesseln, die von der Decke hängen, Mann an Frau, Tourist aus Japan neben Venezianer, Lady neben Maurer, alle vereint durch das Gläschen in der Hand.

Hinter der Theke bedienen drei freundliche Herren mittleren Alters, die in ihren weißen Hemden unter dunkelblauen Pullovern dem traditionellen Charakter der Bar entsprechen. Selbstverständlich bieten sie den weißen Galliano an, den Guido Brunetti so gern trinkt und wirklich – er schmeckt frisch und lecker. Genau richtig für die Mittagszeit. Und eine Ombra schadet auch den Gästen nicht, die ihren ersten Wein sonst frühestens nach achtzehn Uhr trinken.

Die Ombra ist ein kleines Glas Wein, etwa 0,1 Liter, nach Belieben weiß (bianco) oder rot (rosso). Ombra heißt Schatten, und die Beziehung findet man so: Früher wurde der Wein aus Fässern im Freien angeboten, und um ihn kühl zu halten, ging man in den Schatten. Noch heute zapfen viele Wirte den gekühlten Weißwein aus einem Fass, allerdings mit Zapfhahn über ihrer Theke.

Wirklich spektakulär ist in der Cantina Do Mori das Angebot an Cichetti, den kleinen Häppchen, die zum Wein unbedingt dazu gehören. Probieren sollte man Baccalà, das ist ein Püree aus Stockfisch, hier mit Basilikum gewürzt und auf einer Polentascheibe serviert. Lecker schmecken auch die kleinen Eierkuchen mit viel Petersilie und Schinken und die gebratenen Auberginenscheiben mit Käse überbacken. Die Cichetti sind wirklich nur Häppchen, die den Appetit anregen sollen, nicht zu verwechseln mit spanischen Tapas, von denen zwei oder drei gelegentlich eine ganze Mahlzeit ersetzen können. Die Auswahl im Do Mori ist enorm und verführerisch, alles schmeckt ausgezeichnet und ist ganz frisch zubereitet.

SERVICE | Cantina Do Mori, San Polo 429, Calle Occhialera – Rialto | Vaporettostation Rialto | Geöffnet von 8.30 bis 20.30 Uhr, außer sonntags | Telefon 041-5225401

Bar und Gelateria Rosa Salva

Das Traditionshaus am Campo San Luca empfängt den Besucher mit einer gediegenen Atmosphäre zum Wohlfühlen: Alles glänzt – vom Nussholz bis zum polierten Messing. Der Name bürgt für Qualität, und das gilt sowohl für den ausgezeichneten Kaffee wie auch für die kleine Auswahl an Gebäck. Hier im Stammhaus liegt der Schwerpunkt deutlich auf der Bezeichnung Gelateria, an der riesigen Eisauswahl unschwer erkennbar. Trotzdem ist die Bar an dem lebhaften Platz ein beliebter Treffpunkt für den kleinen Caffè zwischendurch. Man trifft sich zufällig an der Theke, tauscht die neuesten Wichtigkeiten aus, und ist auch schon wieder draußen. Rosa Salva ist mit mehreren Filialen im Altstadtkern vertreten, die alle eine größere Auswahl an Gebäck und Torten bereithalten und sich daher Pasticceria nennen.

Am Campo San Luca sucht der Kommissar seinen Freund, den Apotheker Danilo, auf, um Details über die Eheleute Volpato zu erfahren, die durch ihren Geldverleih viele Menschen in den Ruin getrieben haben. Gegenüber der Apotheke liegt die Bar Rosa Salva.

Abb. links | *Bei Rosa trifft man sich an der Theke zu Kaffee und einem kleinen Schwatz. Aber auch das Eis ist nicht zu verachten*

Service | Bar Gelateria Rosa Salva, San Marco 4589, Campo San Luca | Vaporettostation Rialto

Ristorante La Piscina

Im Roman „Acqua alta" trifft sich Brunetti mit der Sängerin Flavia Petrelli in der Bar Il Cucciolo an der Fondamenta Zattere. Auf dem Weg dahin freut er sich darauf, „ ...das Wasser von unten an die Holzbohlen klatschen zu hören...und auf die großen, tapferen Sonnenschirme, die unbedingt schon Schatten spenden wollten, lange bevor dies nötig war." (Seite 364)

Service | Bar-Caffè La Piscina (La Calcina Ruskin's House), Dorsoduro 782, Fodamenta Zattere | Vaporettostation Zattere | Telefon 041-2413889 oder 041-5206466

Die von Brunetti so geliebte Holzterrasse über dem Giudecca-Kanal mit herrlichem Ausblick auf das andere Ufer gehört heute zum Ristorante La Piscina, das sich mit britischem Understatement selbst nur als Bar-Caffè bezeichnet. Very british sind auch viele der Gäste, die ähnlich wie wir auf den Spuren der Literatur unterwegs sind. Die zum Gasthaus gehörende Pension La Calcina gleich nebenan nennt sich Ruskin's House. Der englische Kunstexperte und Reformer John Ruskin (1819 - 1900) lebte und schrieb hier gern. Gleich nebenan liegt die Pension Seguso. Hier ließ Patricia Highsmith den Protagonisten ihres Romans „Venedig kann sehr kalt sein" Unterschlupf suchen.

Die deutsche Gewohnheit „draußen gibt's nur Kännchen" spielt Im La Piscina keine Rolle. Selbstverständlich wird zur Mittagszeit auf Wunsch auch nur ein Teller Pasta serviert. Die Portion ist übersichtlich, schmeckt aber hervorragend, eine Stoffserviette, die blütenweiße Leinentischdecke und der freundliche Service entsprechen dem Anspruch dezenter Eleganz.

Gelateria Nico

Während Brunetti mit Flavia Petrelli in der Bar Il Cucciolo (siehe oben, La Piscina) sitzt, laufen die Kinder der Sängerin am Ufer entlang und kaufen sich Eis in Nico's Gelateria.

Am Ufer stehen Tische und Stühle, den größeren Eisappetit kann man also mit Aussicht über das Wasser auf die Giudecca genießen. Hinter der blau-weiß gesteiften Markise findet sich ein breit gefächertes Eisangebot. Die kleinste Portion kostet einen Euro, das ist in Venedig ein mittlerer Preis. Die Menge entspricht etwa zwei Eiskugeln, wie sie in Deutschland bekannt sind. Wir vernachlässigen die Trendsorten und entscheiden uns für die Klassiker: Pistazie und das Pralineneis Bacio (Kuss) schmecken sehr lecker, Stracciatella ist uns etwas zu süß. Das Eis ist sehr cremig, empfehlenswert – weiteres Ausprobieren auf jeden Fall ratsam!

Service | Gelateria Nico, Dorsoduro 922, Fondamenta dei Zattere | Vaporetto-station Zattere | Telefon 041-5225292

Abb. rechts | *Vanille und Schokolade – Aussicht aufs Wasser umsonst*

Wenn Paola kocht …

Gebratenes Kalbsfilet mit Fenchel

Paola hat am Abend zuvor acht Kalbsfilets in eine Marinade gelegt. Dafür braucht man einhundert Gramm gewürfelten Pancetta, das ist ein durchwachsener Räucherspeck, außerdem das gehackte frische Grün von drei Fenchelknollen. Man verrührt einen Schuss Olivenöl mit Knoblauchwürfeln, dem Fenchelkraut und einem Stiel gehackten Rosmarin, gibt den Speck hinzu und gießt die Marinade über die Fleischscheiben. Über Nacht nehmen die Filets den Duft der Kräuter auf. Am nächsten Mittag werden drei Fenchelknollen geviertelt, der keilförmige Strunk, die trockenen Ansätze und die dicken äußeren Blätter entfernt. Die Gemüsestücke brät man in Olivenöl kurz an, fügt einen kleinen Schuss Brühe hinzu, würzt mit Salz und Pfeffer und lässt alles zehn bis fünfzehn Minuten ziehen. Inzwischen fängt man das Öl aus der Fleischmarinade durch ein Sieb auf und brät die Filetscheiben bei milder Hitze darin von jeder Seite drei Minuten. Im Roman verwendet Paola für die Marinade Fenchelsamen, der jedoch nicht selbstverständlich in jedem Gewürzregal vorhanden ist. Das frische Fenchelgrün ist eine gute Alternative.

„Wenn Gott nicht wollte, dass wir trinken, wieso hat er dann den Wein so gut gemacht?" (Kardinal Richelieu). Brunettis trinken zu diesem Mittagessen einen Sangiovese. Die weiche Note des toscanischen Weins passt hervorragend zur Vorspeise und ergänzt das würzige Aroma des Hauptganges.

Bar Caffè Gelateria Paolin

Natürlich gehören wir zu den vernünftigen Leuten und gehen nach drinnen. Der Schokoladenkuchen mit einer dicken Sahnehaube schmeckt wirklich köstlich, der Teebeutel neben dem heißen Wasser ist jedoch mit 3,20 Euro deutlich überbezahlt. Das Personal ist sehr freundlich – was in Venedig bekanntermaßen nicht selbstverständlich ist. Leider wirkt alles etwas schmuddelig, die Tischdecke ist fleckig, und über das WC sagen wir mal lieber gar nichts.

Um auch die Eisqualität beurteilen zu können, „quälen" wir uns noch mit der Spezialität des Hauses ab: Gianduia enthält Nüsse und Rosinen und schmeckt wirklich gut.

Im Caffè Paolin trinkt der Commissario einen Espresso. „Draußen… saßen nur Ausländer, die sich verzweifelt einzureden versuchten, es sei warm genug für einen Cappuccino im Freien. Vernünftige Leute gingen nach drinnen." (Venezianisches Finale, Seite 184).

Abb. unten | *Gleich neben den „Engeln" lockt teuflisch leckeres Eis*

Service | Bar Caffè Gelateria Paolin, San Marco 2962, Campo San Stefano | Vaporettostation San Samuele | Telefon 041-5225576

Gelateria Ca' d'Oro

In Donna Leons Roman bevorzugt die Rumänin Florinda das Schokoladeneis – und das verstehen wir gut. Es schmeckt ganz natürlich, nach richtig guter Schokolade, ist sehr cremig und mit vielen Stückchen durchsetzt. Weil es so lecker ist, probieren wir uns weiter durch das Sortiment: Auch die Sorten Amarena und Bacio sind nicht zu verachten, zur Extraklasse küren wir die sizilianische Spezialität Cassata.

Jede Portion ist großzügig bemessen und mit 80 Cent am günstigsten auf unserer venezianischen Teststrecke. Die Bedienung ist sehr freundlich und wir ernennen das Eiscafé auf der Strada Nuova zu unserer Lieblings-Gelateria!

Im Roman „Beweise, daß es böse ist" lädt die Zeugin Assunta Gismondi die rumänische Haushaltshilfe Florinda zu einem Eis auf der Strada Nuova ein.

Abb. links | *Die kleinen Pink-Ladies sind bestimmt auf dem Weg zur Gelateria Ca' d'Oro*

Service | Gelateria Ca' d'Oro, Cannaregio 4273 B, Strada Nuova / Ecke Campo Santa Sofia | Vaporettostation Ca' d'Oro

Auf eigene Faust: Brunettis täglicher Weg in die Questura

Brunetti geht, wie fast jeden Morgen, von seinem Wohnhaus in San Polo in die Questura in Castello. Unterwegs frühstückt er in einer kleinen Pasticceria, auf dem Campo Santa Marina kauft er am Kiosk Il Tempo und Il Gazzettino.

Wir müssen heute keine Akten aufarbeiten wie der Kommissar, haben viel Zeit und schauen uns in San Polo in der Umgebung von Brunettis Wohnung ein wenig um. Wo kauft er ein Dutzend Iris für seine Paola? Bei *Biancat*! Dort bestellt auch Signorina Elettra jede Woche Blumen für ihr Büro in der Questura. Wenn der Commissario den Heimweg zu Fuß zurücklegt, wie beschrieben, nämlich in dem verhassten „Zickzackkurs durch die Ruga Rialto", kommt er keinesfalls bei Biancat vorbei. Das Blumengeschäft liegt in der Calle Meloni, Nr. 1476. Falls er mit dem Vaporetto über den Canal Grande gefahren ist, kann er am Anleger *San Silvestro* aussteigen und ist nach wenigen Schritten dann tatsächlich links bei seinem geliebten Blumengeschäft.

Aber das Dutzend Iris lässt uns nicht ruhen, und wir finden es: Wenn wir von Brunettis Wohnung in der Calle San Angelo nach links in die Calle Beccarie einbiegen, sind es nur wenige Schritte bis zum Campo San Cassiano. In Nummer 1755 finden wir ein kleines Blumengeschäft, *La Dogaressa*, und der Chef präsentiert uns gleich einen ganzen Kübel voll blauer Iris.

Abb. unten | *Ein Dutzend Iris für Paola? Kein Problem!*

Zurück zum Campo delle Becarie neben dem Fischmarkt. Dort wird jetzt, am späten Vormittag, der Fisch schon lautstärker angepriesen, denn morgen ist er nicht mehr

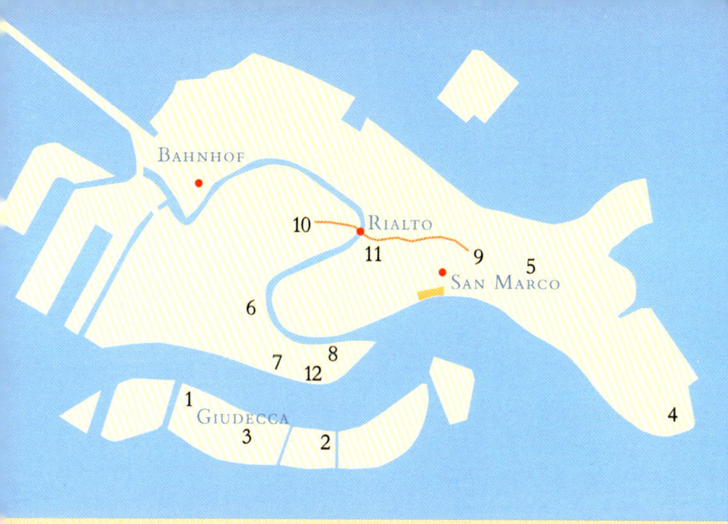

1 Mulino Stucky und Fabrik Fortuny | 2 Kirche Il Redentore | 3 Militärakademie San Martino (Romanversion) | 4 Tatsächliche Militärakademie auf Sant' Elena | 5 Arsenale | 6 Campo Santa Margherita
7 Kirche I Gesuati | 8 Santa Maria della Salute | 9 Die Bar an der Brücke, gleich neben der Questura | 10 Do Mori, nahe der Wohnung Brunetti | 11 Rosa Salva
12 La Piscina

frisch. Heute wollen wir alles, auch die leckeren *Cichetti* und eine *Ombra* im Do Mori, nur zwei Gassen entfernt.

Wir schlendern über die lebhafte Einkaufsstraße Ruga Vecchia, biegen nach rechts ab auf die Ruga Rialto und sind nun wieder auf den Spuren des Kommissars. Auf der Brücke herrscht wie immer lebhaftes Treiben, auf dem Canal Grande sind einige „Gondelaufläufe“ unterwegs. Von links ertönt *Funiculi, funicula*, von rechts schmettert ein älterer Herr *O sole mio*. Nichts von den Gesängen ist wirklich venezianisch, aber außerhalb Italiens weiß das ja kein Mensch.

Schnell verlassen wir die Brücke und gehen über den Campo San Bartolomeo zum *Sottoportego*, wo Brunetti die Provokation eines Kadetten der Militärakademie mit einem kräftigen Rempler parierte. Hinter dem Durchgang laufen wir die Calle Bissa entlang und sind bald auf dem Campo San Lio ange-

kommen. Mit der Hausnummer 5661 finden wir auf dem Platz ein kleines Atelier, in dem eine Schneiderin mit zwei Angestellten sehr phantasievolle Kreationen entwirft: Abendroben nach alten Mustern, die sich sowohl für den Opernball als auch für die alljährliche Maskenparade auf dem Markusplatz eignen. Natürlich gehören die entsprechenden Accessoires dazu: bestickte Seidentaschen, Fächer und Masken, die mit der Massenware an der Rialtobrücke nur noch den Namen gemein haben. Die Chefin arbeitet nach Maß und verschickt die fertige Ware auch gern. Für die private Einladung zum Maskenball in einem *Palazzo* können die Roben auch entliehen werden.

Wir träumen uns kurz in ein solches Fest hinein, sind aber schnell wieder auf den Spuren unseres Commissario auf seinem Weg ins Büro. Weiter geht es durch die Calle Carminati, und gleich hinter der Brücke liegt die erste *Pasticceria*, in der Brunetti gefrühstückt haben könnte. Am Ende der Gasse rechts locken die verführerischen *Dolci* im Schaufenster der zweiten. Es geht nach jeweils wenigen Schritten einmal rechts, gleich wieder links und noch einmal rechts, und schon landen wir auf dem Campo Santa Marina. Mitten auf dem Platz steht er, der unverwechselbar dunkelgrüne Kiosk, an dem Guido seine Tageszeitungen kauft. Gleich vorn an der Ecke die ehemalige Giro-Bar, die Brunetti nach der Renovierung nicht mehr gefiel. Die Bar heißt heute Italo Didovich, die Obsttorten in der Theke sehen toll aus, aber die Plastiktischdecken gefallen uns auch nicht.

Bevor wir in die Calle Pinidemonte Borgeloco einbiegen, sehen wir an der Ecke noch einen beieindruckenden Gassenüberbau. Hinter der unvermeidlich nächsten Brücke sind wir auf dem Campo Santa Maria Formosa. Mauro Codussi, der mit der Kirche auf der Friedhofsinsel San Michele für Furore gesorgt hatte, begann 1492 mit dem Bau. Als er acht Jahre später starb, hinterließ er eine schlicht verputzte, dreischiffige Basilika im Stil der Renaissance mit Kuppel über dem Vierungskreuz. In den Seitenaltären Gemälde aus den venezianischen Meisterschulen. Jetzt wollen wir endlich sehen, wo der Kommissar seine kniffligen Fälle löst und Signorina Elettra mit ihrem Computer alle erreichbaren Netzwerke strapaziert. Noch drei Ecken, und wir sind da: Hinter der Kirche Santa Maria Formosa, wie könnte es anders sein, über die nächste Brücke in die Ruga Giuffa, nach links in die Calle di Mezzo, kurz links und gleich wieder rechts bis zum Borgoloco San Lorenzo. Hinter der Brücke liegt der viel beschriebene Campo San Lorenzo, „die ewig verhangene Fassade von San Lorenzo" ist frei, das Altenpflegeheim links daneben erstrahlt in frischem Weiß. Auf dem Kirchplatz bestätigt ein Rest von Baumaterial die von Donna Leon häufig beschriebenen Arbeiten. Die Kirche ist verschlossen und wartet offensichtlich auf eine Renovierungsaktion. So können wir auch nicht nachschauen, ob *Marco Polo* tatsächlich hier begraben ist – kein Venezianer möchte es bestätigen.

Wir werfen einen Blick hinüber auf das Ziel unserer Sehnsüchte, die vielbeschriebene Questura, das Polizeipräsidium. Auch der Stadtplan weist uns an dieser Stelle die Questura aus. Aber dort, wo die Fahne das öffentliche Gebäude dokumentiert, zeigt uns das Schild am Haus lediglich an, dass hier das Kommissariat von San Marco residiert, also eine örtliche Polizeiwache.

In der Realität liegt die Questura von Venedig nicht weit von der Piazzale Roma entfernt, gleich neben der Brücke zum Festland und mit einer stattlichen Batterie blauer Polizeiboote vor der Tür. Der dort amtierende Vice-Questore ist, man glaubt es nicht, ein Sizilianer, genau wie Brunettis Chef Patta.

Ein bisschen enttäuscht gehen wir bis zur nächsten Brücke, der Ponte dei Greci, und finden hier, völlig am versprochenen Platz, die Bar an der Brücke. Mit einem Glas Spritz ist die Enttäuschung, den Commissario nicht persönlich getroffen zu haben, schnell vergessen.

Abb. oben links | *Auf dem Campo Santa Marina kauft der Commissario seine tägliche Lektüre: Venedigs Tageszeitungen*

Abb. unten | *Nicht am Campo San Lorenzo, sondern nahe der Piazzale Roma wird in Wirklichkeit ermittelt*

Unterwegs im Malerviertel Cannaregio

Krimi-Schauplätze in „Beweise, dass es böse ist“

Palazzo Mastelli

Der „Palazzo del Cammello“ genannte Palast findet sich in der Tat am beschriebenen Ort. Er heißt jedoch offiziell Palazzo Mastelli und reicht mit den Hausnummern 3378 A an der Rückseite, an der Fondamenta dei Mori gelegen, bis zur Hausnummer 3399 am Rio Madonna dell' Orto. In dem großen U-förmigen Gebäudekomplex befinden sich heute Geschäfte, Galerien und Büroräume.

Der Polizei wird ein Mord in Cannaregio gemeldet. Die Wohnung des Opfers befindet sich in der Calle Tintoretto rechts neben dem Palazzo del Cammello.

Historisch ranken sich zahlreiche Geschichten und Gerüchte um diesen alten Palast. Vielleicht kann man auch von „Märchen aus Tausend und einer Nacht“ sprechen, denn bis zum 12. Jahrhundert soll hier das Handelshaus der arabischen Kaufleute gestanden haben. Der Nachfolgebau im gotischen Stil sorgt mit exotischem Dekor dafür, dass die Geschichten auch nach Hunderten von Jahren nicht verstummt sind. Neben dem prächtigen Balkon ziert ein Kamel aus weißem Marmor die Fassade am Rio Madonna dell'Orto. Hier klärt sich auch die Namensgebung in Donna Leons Roman: Palazzo del Cammello (des Kamels). Wie kommt ein Kamel nach Venedig? Man sollte die steinernen Herren befragen, die auf der Rückseite

Abb. links | *Madonna dell'Orto ist eine der schönsten Kirchen der Stadt*

Abb. unten | *Wie hat sich denn ein Kamel bis nach Venedig verlaufen?*

Abb. oben | *Auch geheimnisvolle Turbanträger haben sich nach Cannaregio verirrt*

Abb. unten | *Tatort Casa Tintoretto: Hier hat der plärrende Fernseher der alten Signora Battestini die Nachbarn gequält, bis sie eines Tages erschlagen wurde – wegen der Lärmbelästigung?*

des Hauses die Wände bewachen. Es sollen aus Griechenland geflohene Gewürzhändler sein, die sich später den italienischen Namen Mastelli gaben. Turban tragende Griechen? Oder waren es doch Einwanderer aus fernen Ländern? Der Name des Platzes dei mori – der Mohren spräche dafür. Die bodenständigen Venezianer gingen auf ihre Weise mit der Gerüchteküche um: Sie verpassten den Herren lange, eiserne Nasen. Somit bekamen sie Ähnlichkeit mit den Spottfiguren aus der berühmten Commedia dell'Arte. Il Medico del Pesto, der Pestarzt, soll sich durch eine Maske mit besonders langer Nase vor Ansteckung geschützt haben. Rund um die Steinfiguren am Palazzo Mastelli wurden Zettel angeheftet: Darauf finden sich spöttische Kommentare und Klagen, die man schon immer gern loswerden, aber nicht laut sagen wollte.

Casa di Tintoretto

In dem Wohnhaus rechts neben dem Palazzo Mastelli an der Fondamenta dei Mori soll sich der Tatort befinden. Im Roman wurde hier Signora Battestini erschlagen aufgefunden.

Rechts neben dem Palazzo Mastelli mit der Hausnummer 3399 liegt die Casa di Tintoretto. Hier hat der große venezianische Maler Jacopo Robusto, genannt Tintoretto, zwanzig Jahre lang mit seiner großen Familie gelebt, bevor er 1594 starb. Eine steinerne Gedenktafel über der Haustür und ein plastisches Halbportrait des Malers weisen das Jahr 1881 als Renovierungsdatum aus. Das ist allerdings lange her und könnte gelegentlich wiederholt werden. Die zweite Etage, wo das Mordopfer des Romans gewohnt haben soll, macht einen gepflegteren und tatsächlich bewohnten Eindruck.

Hintergrund | *Tintoretto*

Im Jahr 1518, mitten in der Epoche der Renaissance, wurde Jacopo Robusto als Sohn eines Färbers geboren. Der Umgang des Vaters mit Farben bestimmte schon früh den Lebensweg des Sohnes. Allerdings wollte er nicht nur Stoffe in ein Farbbad tauchen, sondern Kunstwerke komponieren. Seine Verbundenheit zu Familie und Heimat brachte ihm bald den Namen ein, unter dem er in die Geschichte einging. Färber (der Beruf des Vaters) heißt italienisch tintore, und die Venezianer nannten den kreativen Sohn schon bald nur noch Tintoretto, kleinen Färber.

Um die Malerei der großen Meister zu studieren, verließ er für eine einzige Reise nach Rom seine geliebte Heimatstadt. Kurze Zeit ging er in die Schule Tizians, mit dem er sich jedoch gar nicht verstand. Seine frühen Werke zeigten deutliche Orientierung an Michelangelo und Leonardo da Vinci, bevor er zu seinem eigenen Stil fand. Während seiner Schaffensperiode ging die Ära der Renaissance dem Ende zu, erste barocke Elemente begannen sich durchzusetzen. Tintorettos Malweise in dieser Zeit

Abb. links | *Tintoretto hat es geliebt, hier zu leben*

des Übergangs nannte man später Manierismus. Gemeint war die „Manier“ oder Eigenart, das Bild zum Schluss mit einem Hauch dunkler Farbe zu verschleiern. Er wurde zu einem der wichtigsten Vertreter dieser Stilrichtung.

Tintorettos Werke sind Bild gewordene Zeugnisse der biblischen Geschichte. Als tief gläubiger Christ ließ er sich immer wieder durch Szenen des Alten und des Neuen Testaments beflügeln und setzte seine Sicht der Heiligen Schrift kunstvoll um. Das Abendmahl hat ihn sein Leben lang begleitet. Fünf verschiedene Interpretationen schmücken heute venezianische Kirchen und dokumentieren auf einzigartige Weise die Entwicklung seiner Malkunst. Eines seiner Meisterwerke, das „Paradies“, füllt mit hundertvierundfünfzig Quadratmetern die Stirnwand des größten Saales im Dogenpalast. Ebenfalls weltberühmt ist sein Streifzug durch die biblische Geschichte in der Scuola Grande di San Rocco. Fast jede venezianische Kirche schmückt sich stolz mit einem oder mehreren Werken des Künstlers.

Tintoretto malte schnell – ein Bild über Nacht war keine Seltenheit – und mit großzügigem Pinselstrich. In seinen späteren Werken kultivierte er jedoch auch die Feinzeichnung. Das satte Rot, Markenzeichen des fünfzig Jahre älteren Vittore Carpaccio, findet sich häufig in seinen frühen Gemälden. Zum Ende seines Lebens hin wurden die Farben dunkler. Das Spiel mit Licht und Schatten jedoch hat ihn immer herausgefordert und begeistert.

Die Malerei war sein Leben, aber leben musste auch seine große Familie. Tintoretto war immer zu finanziellen Kompromissen bereit und verärgerte mit seinen günstigen Preisen die malenden Zeitgenossen. Besonders Tizian sah in ihm seinen schärfsten Konkurrenten. Als Tintoretto 1594 starb, musste seine Witwe die Stadt Venedig um finanzielle Unterstützung bitten. Hinterlassen hat er eine Fülle von Bildern und die Begeisterung für Malerei: Seine zwei Söhne und eine der fünf Töchter traten in seine Fußstapfen.

Wenn Paola kocht …

Schwertfisch, Shrimps in Tomatensauce und Spinat

Als Guido Brunetti nach Hause kommt, empfängt ihn eine köstliche Duftkombination aus Meeresfrüchten, Knoblauch und etwas, das er nicht genau bestimmen kann, vielleicht Spinat. Dass der Kommissar den Schwertfisch nicht gerochen hat, spricht für dessen Frische. Paola hat ihn mittags auf dem Fischmarkt gekauft und in vier Portionen teilen lassen. Der Fischhändler hat ebenfalls vierhundert Gramm frische Shrimps küchenfertig vorbereitet.

Man würfelt eine Zwiebel und drei Knoblauchzehen und brät sie in Olivenöl sacht an. Inzwischen häutet und würfelt man fünfhundert Gramm sehr reife Tomaten, gibt sie dazu, würzt mit Salz, Pfeffer und einer gehackten Peperoncini oder Chilischote und lässt das Gemüse fünf Minuten kochen. Dann püriert man die Masse und lässt die Shrimps einige Minuten darin ziehen. Die Filets vom Schwertfisch werden mit Olivenöl eingestrichen und unter dem heißen Grill von jeder Seite drei Minuten gebräunt (wer es sanfter mag, kann den Fisch auch zusammen mit den Shrimps in der Tomatensauce gar ziehen lassen).

Paola hat auf dem Markt sechshundert Gramm frischen Spinat gekauft, der muss sorgfältig und vorsichtig gewaschen werden. Die Blätter werden in wenig Salzwasser nur einmal aufgekocht, bis sie zusammenfallen und sofort mit einem Schaumlöffel wieder aus dem Topf genommen. In zwei Esslöffeln Olivenöl schwitzt man dann eine kleingehackte Zwiebel und eine ebenso behandelte Knoblauchzehe an. Darin schwenkt man den Spinat, würzt gut mit Salz und Pfeffer und hebt das gewürfelte Fruchtfleisch von zwei großen Tomaten unter. Das Gemüse zieht am besten noch zwei Minuten bis es zum Fischgericht auf den Teller kommt.

Brunettis trinken zum Essen einen Ribolla Gialla aus Corno di Rosazzo, das ist ein gut gelagerter Weißwein aus dem Friaul.

Kirche Madonna dell'Orto

Gleich um die Ecke der Casa di Tintoretto liegt die ehemalige Pfarrkirche des Malers, Madonna dell'Orto. Den Namen verdankt sie einer Madonnenstatue, die ehemals im Garten stand und um die sich wundersame Geschichten ranken. Eigentlich ist die Kirche dem Heiligen Christophorus geweiht, dem Patron der Händler und Reisenden. Der Platz vor dem Gotteshaus war ein alter Markt- und Handelsplatz. Gepflastert ist er mit uralten Ziegelsteinen, noch im Original-Fischgrätmuster verlegt, wie sie auch den Markusplatz einst geschmückt haben.

Feuerwehrleute holen aus der Kirche Madonna dell'Orto eine Steckleiter, um in die Wohnung der ermordeten Frau einsteigen zu können.

Bescheiden und doch faszinierend in ihrer klaren Schönheit nimmt der Anblick der Fassade den Besucher gefangen. Roter Ziegelstein und weißer Marmor leuchten in der Sonne um die Wette. Natürlich ist es der Heilige Christophorus, der das Geschehen auf dem ehemaligen Marktplatz überwacht, und natürlich steht er dazu direkt über dem Eingangsportal. Sehr anmutig, fast filigran präsentiert sich auf beiden Seiten eine Galerie mit den zwölf Aposteln. Darunter ragen klassisch gotische Kirchenfenster in den Himmel. Die ganze Fassade ist ein Spiegel ihrer Zeit. Sie repräsentiert perfekt den Übergang hochgotischer Baukunst zu klaren, symmetrischen Strukturen der nachfolgenden Renaissance.

Im Inneren erkennt man, dass der Bau von gotischer Formgebung bestimmt ist. Kein später angebrachter Zierrat stört die Grundstruktur der dreischiffigen Basilika. Die weite

Abb. unten | *Stein und Marmor in vollendeter Komposition*

Spitzbogendecke ruht auf griechischen Säulen. Blickfang im Inneren der Kirche sind zweifellos die Gemälde Tintorettos. Ein herrliches Beispiel seines meisterhaften Spiels mit Licht und Schatten findet sich im rechten Seitenschiff: Die spätere Mutter Gottes wird als Kind über eine reich geschmückte Treppe in den Tempel geführt. Über dem Hochaltar huldigt der Maler in einem Zyklus den Tugenden. Nur gefestigte Gemüter sollten sich dem Jüngsten Gericht widmen. Der richtende Gott sitzt hoch oben auf einer Wolke, tief und tiefer stürzen die Verurteilten hinab, und im Inferno der brennenden Hölle fallen die Leiber übereinander und vermengen sich mit Gebeinen und Totenköpfen. Zumindest Kindern sollte man den Anblick ersparen. Mitten zwischen seinen Werken liegt der Meister begraben, wie im Leben umgeben von seiner geliebten Familie.

SERVICE | Kirche Madonna dell'Orto, Fondamenta Madonna dell'Orto | Vaporettostation Madonna dell'Orto | Öffnungszeiten von 10 bis 17 Uhr, Eintritt ca. 2,50 Euro, günstiger mit dem Chorus-Pass | Telefon 041-2750462 | Internet: www.chorusvenezia.org

Cannaregio – von Madonna dell'Orto bis zum Bahnhof

Im nördlichsten Teil Venedigs ist wenig Platz für Gondelromantik. Im Mittelalter siedelten sich wegen der günstigen Lage zur Lagune Händler, Kaufleute und Handwerker westlich der Bucht Sacca della Misericordia an.

Schnurgerade verlaufen zumeist die Kanäle, praktisch für das Geschäftsleben, Gondeln mit Touristen sieht man hier nicht. Entlang der Wasserstraßen führen bequeme Uferwege, gesäumt von der zur Geschäfts-

Die Zeugin Signora Gismondi berichtet, dass sie am Tattag die rumänische Hausgehilfin Florinda zum Bahnhof begleitet habe. Da sie häufig reist, geht sie diesen Weg regelmäßig und weiß: Er dauert exakt elf Minuten.

und Wohngegend gehörenden Infrastruktur. An der Fondamenta dei Mori, dem Hotel Ai Mori d'Oriente gegenüber, sieht man hinter offenen Holztüren Motorboote in einer kleinen Werft liegen. Wenn man den Rio della Sensa überquert und durch die schmale Calle del Forno geht, riecht man nach wenigen Schritten, woher diese Gasse ihren Namen hat. Forno ist der Ofen, und aus der Bäckerei, die vermutlich auf eine lange Tradition zurückblicken kann, dringen verführerische Düfte. Immer wieder schaut man in der Gasse durch eiserne Gitter in verwunschene Innenhöfe. Noch einmal über eine Brücke, die den südlichen Abschnitt des Rio della Misericordia überspannt, und schon ist man auf der breiten Straße Rio terrà San Leonardo. Ein Rio terrà ist ein zugeschütteter Kanal, der zu einem festen Gehweg ausgebaut wurde. Diese lebhafte Geschäftsstraße mit Einzelhandel aller Art und vielen Gasthäusern vom Imbiss bis zum Restaurant zieht sich wie ein Gürtel um ein besonderes Kapitel der Geschichte. An den Klingelknöpfen der kleinen, nach rechts führenden Gassen finden sich jetzt neben italienischen Namen auch solche wie Goldstein oder Hirschberg.

Abb. oben | *Kein Trockenboden? Kein elektrischer Wäschetrockner? Venezianische Hausfrauen wussten sich schon immer zu helfen*

Abb. rechts | *Im westlichen Cannaregio dominiert Alltagsgeschehen das Straßenbild*

Abb. oben | *Hier bleibt kein Wunsch offen, wenn man koscher essen möchte.*

Hintergrund | *Das Ghetto*

Der Name Ghetto ist eine Ableitung aus dem italienischen Wort gettare – gießen, und führt zurück auf die Eisengießerei, die sich in diesem Viertel befunden hat. Bereits seit dem 12. Jahrhundert siedelten sich Juden in Venedig an, die, aus aller Welt geflüchtet, hier in der Handelsmetropole eine neue Heimat fanden. Doch auch hier waren sie nur geduldet, bürgerliche Rechte erhielten sie nicht, zahlten jedoch höhere Steuern als die Venezianer. Im Jahr 1516 unter dem Dogen Leonardo Loredan gab die Regierung dem Druck der Bevölkerung nach Abgrenzung nach. Nur in diesem abgeschlossenen Bereich wurde den Juden erlaubt zu wohnen und zu arbeiten; um das ganze Viertel wurde eine Mauer errichtet. Jedes Verlassen des Ghettos wurde mit einer Maut belegt, das nächtliche Ausgangsverbot wurde streng kontrolliert.

Bis zu fünftausend Juden lebten zeitweise in diesem abgeriegelten Bereich. Wegen der räumlichen Enge stockte man die Häuser immer weiter auf, teilweise bis zu acht Geschosse hoch.

Durch Handelsgeschäfte, vorwiegend im östlichen Mittelmeerraum, gelangten viele jüdische Kaufleute zu erheblichem Reichtum. Prächtige Synagogen wurden gebaut, und in der venezianischen Tradition der Bruderschaftshäuser Scuole Grande nannte man sie Schola Spagnola (Spanische Schule), Schola Tedesca (Deutsche Schule) oder Schola Levante. Alle Unterrichtshäuser, zugleich Synagogen, wurden mit edlen Hölzern, Stoffen und Leuchtern ausgestattet und entwickelten sich zu kulturellen Zentren, die zunehmend auch von Christen besucht wurden. Unter der napoleonischen Regierung erhielten die Juden 1797 ihre bürgerlichen Rechte zurück, was vom späteren italienischen König Vittorio Emanuele bestätigt wurde. 1866 erhielten die Juden die uneingeschränkte italienische Staatsbürgerschaft. Es folgte eine Zeit des friedlichen Miteinanders, bis das unselige Regime der Nationalsozialisten sich Bahn brach. Zweihundert venezianische Juden kamen im Holocaust des 20. Jahrhunderts um.

Abb. oben | *Wie an vielen Orten der Welt, gedenkt man auch hier der jüdischen Opfer*

Heute zeigt sich das ehemalige Ghetto als Wohngegend einfacher Leute mit schlichten Häusern. Nur noch wenige Juden leben hier, stattdessen findet sich auch mal ein chinesischer Name neben dem Klingelknopf. Jüdische Tradition erlebt man in einigen Geschäften, die der bärtige Besitzer mit der Kippa auf dem Kopf leitet. Leider geht man hier auch unsägliche touristische Kompromisse ein. Neben künstlerisch schön gestalteten Nachdrucken der Thora-Rolle stehen achtarmige Chanukka-Leuchter, allerdings aus grellbuntem Muranoglas. Der Bäcker bietet neben dem ungesäuerten Brot auch gleich das

Abb. links | *Friedliche Stille liegt über dem Platz mitten im ehemaligen Judenviertel*

koschere Fleisch an, und an der Fondamenta di Cannaregio kann man im Ristorante Kosher traditionelle jüdische Küche geniessen.

Der Campo Ghetto Nuovo ist ein stiller, beschaulicher Platz, wenn nicht gerade Schulklassen von einer Synagoge zur anderen getrieben werden. Gegenüber dem Hebräischen Museum gleich neben dem Riposo Israelitica, dem jüdischen Altersheim, fällt der Blick auf erschütternde Mahnmale in Bronze an einem Rest der ehemaligen Mauer.

Service | Jüdisches Museum Museo Ebraico Cannaregio 2902 b, Campo del Ghetto Nuovo | Vaporettostation Ponte delle Guglie oder Marcuola am Canal Grande | Öffnungszeiten täglich von 10 bis 18 Uhr, im Sommer bis 19 Uhr, Eintritt ca. 3 Euro | Telefon 041-715359 | Internet: www.museoebraico.it

Ab 10.30 Uhr werden stündlich Führungen (auf italienisch und englisch) durch die Synagogen angeboten, im Winter bis 15.30 Uhr, im Sommer bis 17.30 Uhr. | Die Teilnahme kostet ca. 8,50 Euro und kann nach Voranmeldung auch in den Sprachen Deutsch/Französisch/Spanisch/Hebräisch stattfinden. | Anmeldungen im Jüdischen Museum

Wenn Paola kocht …

Lammragout mit Polenta

Nach einem anstrengenden Vormittag im Büro kommt Guido Brunetti zum Mittagessen nach Hause. Seine Familie hat sich gerade zu Tisch gesetzt, und der Kommissar sieht dem Gesicht seiner Frau an, dass auch sie „einen schlechten Tag in der Uni erwischt hatte“ (Donna Leon, Beweise, daß es böse ist, Seite 155).

Bei der Zubereitung von Lamm scheiden sich die Geister: Nimmt man viel, wenig oder gar keinen Knoblauch? Von Paola Brunetti ist bekannt, dass sie eher den großzügigen Umgang mit der Knolle pflegt, ihr Mann mag es schon einmal etwas dezenter.

Achthundert Gramm Lammfleisch sind bereits in passende Würfel zugeschnitten. In heißem Öl brät man das Fleisch rundherum kräftig an, je nach Topfgröße in zwei Portionen. Eine kleingehackte Zwiebel kommt dazu und wird kurz mitgebraten. Jetzt füllt man das angebratene Fleisch mit zweihundertfünfzig Gramm klein geschnittenen Tomaten auf und gibt einen Viertel Liter Brühe oder Lammfond und ebenso viel guten Rotwein hinzu. Gewürzt wird mit Salz, Pfeffer, zwei Lorbeerblättern und feingehacktem Rosmarin von zwei langen Stielen. Die Hitze wird so weit reduziert, dass das Fleisch im Topf nur köchelt. Je nach Dicke der Fleischstücke ist das Ragout nach einer bis anderthalb Stunden fertig.

Für Paolas Polenta rührt man zweihundertfünfzig Gramm feinen Maisgrieß in drei Viertel Liter kochende Gemüse- oder Fleischbrühe. Dazu nimmt man am besten einen sehr großen Topf, da die Polenta gern über den Rand blubbert. Bei niedriger Hitze rührt man ständig um, bis nach wenigen Minuten eine cremige Masse entstanden ist. Der fertige Maisbrei wird kräftig gesalzen, je nach Geschmack kann ein Stück Butter oder frisch gehobelter Parmesan zugefügt werden. Wenn man die Polenta auf die klassische Art mit grobem Grieß kochen möchte, beträgt die Garzeit etwa eine halbe Stunde. Auch bei dieser Zubereitung muss ständig gerührt werden.

Das westliche Cannaregio

Nach dem Abstecher in das ehemalige Ghetto gelangt man auf der Brücke Ponte delle Guglie wieder auf den ursprünglichen Weg in Richtung Bahnhof. Hier an der Brücke fahren durch den Canale di Cannaregio die Linienboote ab, die Besucher auf die Friedhofsinsel San Michele oder weiter nach Murano bringen. An üppig bunten Marktständen werden den Friedhofsbesuchern prächtige Blumen angeboten, allerdings überwiegend in der lange haltbaren künstlichen Version.

Jenseits der Brücke geht es vorbei am klassizistischen Palazzo Labia. Im berühmten Ballsaal, geschmückt mit Bildern des Malers Giovanni Battista Tiepolo tagen heute Manager des staatlichen Rundfunk- und Fernsehsenders RAI, der seit 1969 Hausherr des Palastes ist. Die Rückseite begrenzt den Campo San Geremia. Die gleichnamige Kirche beherbergt die Reliquien der Heiligen Luzia.

Auf dem weiteren Weg über den Rio terrà Lista di Spagna finden sich zahlreiche Hotels, Restaurants und Geschäfte, die bereits die Nähe des Bahnhofs anzeigen. Schon seit hundertfünfzig Jahren ist Venedig durch eine Zugverbindung über den Damm, die Ponte della Libertà, mit dem Festland verbunden. Berühmt ist der Bahnhof Santa Lucia als Endstation des legendären Orient-Express, der hier Reisende aus London, Paris, Köln oder Rom an das romantische Ziel ihrer Sehnsüchte bringt. Wer sich vor Agatha Christies Mord im Orientexpress fürchtet, kann aber auch mit komfortablen anderen Nachtzügen anreisen.

Service | Für Informationen zum Orient-Express:
Internet: www.orientexpress.ch |
Andere Nachtzüge:
Internet: www.bahnurlaub.de

Abb. links | *Eine lange Shoppingmeile zieht sich vom Bahnhof durch Cannaregio*

Wenn Paola kocht …

Orechiette mit Mozzarella und Tomaten

Nach einem Besuch der Schulbehörde, wo er den Direktor befragt hat, kommt der Kommissar erst gegen acht Uhr abends nach Hause. Seine Familie hat mit dem Essen auf ihn gewartet. Die Orechiette hat Paola sicherlich auf der Ruga Rialto gekauft im Pastaparadies mit der Hausnummer 379. Orechiette heißt Öhrchen, und so sehen die Nudeln auch aus. Im Käsegeschäft ganz in der Nähe gibt es frischen Mozzarella vom Büffel. Beim Gemüsehändler kauft Paola diesmal die kleinste Tomatengröße. Die Kirschtomaten aus Sizilien schmecken am besten.

Die Zubereitung der Vorspeise geht heute sehr schnell. Während ein Pfund Orechiette im sprudelnden Salzwasser kochen, würfelt man einhundertfünfzig Gramm Büffelkäse und halbiert ein halbes Pfund Minitomaten. Die bissfesten Nudeln lässt man gut abtropfen, gibt sie in eine Schüssel und hebt Tomaten und Käse nur unter. Man würzt mit viel frischem Pfeffer und einer Handvoll Basilikumblätter.

Fondamenta Nuove

Der Hausarzt der Getöteten, Dr. Carlotti, wohnt in der Calle Stella, ganz in der Nähe der Fondamenta Nuove.

Die Fondamenta Nuove ist ein breiter Kai und grenzt den östlichen Teil von Cannaregio zur Lagune ab. Neuer Kai heißt diese Straße vermutlich deswegen, weil sie erst vierhundertfünfzig Jahre alt ist, also viel jünger als die Stadt Venedig.

Der befestigte Uferweg beginnt an der Sacca della Misericordia, einem künstlich angelegten Hafenbecken. Früher diente das Becken ausschließlich als Holzlager für angelieferte Pfähle, die für den Unterbau von

Abb. links | *„Die Sacca della Misericordia ragt in das Häusergewirr von Venedig, als hätte das Meer ein Stück aus der Stadt herausgebissen und verschluckt." (Cornelia Funke, Herr der Diebe)*

Wohnhäusern verwendet wurden. Heute liegt die kleine Bucht voller Motorboote und kleiner Privatyachten. Gleich am Beginn der Fondamenta Nuove stehen die Eingangstore eines Sägewerks offen. Dort lagern zahlreiche Pfähle und werden hier offensichtlich traditionell zum Bau der Unterkonstruktion von Häusern verarbeitet.

Bei Ostwind heißt es hier am Ufer: Kragen hochstellen, Schal enger binden. Der Blick über das Wasser fällt auf die Friedhofsinsel San Michele und das dahinter liegende Murano. Nicht selten sieht man hier Boote mit hölzernem Sarg vorbeifahren, denn auch das größte Krankenhaus der Stadt liegt hier am Ufer. Nur noch wenige Verstorbene treten ihren letzten Weg auf der geschmückten Trauergondel an.

Vor der Vaporettostation fällt der Blick auf ein monumental wirkendes Kirchengebäude. Das Gotteshaus der Jesuiten, Santa Maria Assunta oder I Gesuiti genannt, zeigt eine sehr pompöse Fassade mit mächtigen Säulen und Statuen in weißem Marmor. Friedlich vereint finden sich im Inneren die Gemälde der zwei venezianischen Maler, die beide in Cannaregio lebten, sich jedoch nicht mochten: Tintoretto und Tizian.

Abb. unten | *Hoch oben auf der Kirche I Gesuiti*

Um das Wohnhaus des Malers Tizian zu besuchen, geht man an der Kirche vorbei. Im ehemaligen Klostergebäude, das zu beiden Seiten die Kirche begrenzt, wird auf der linken Seite noch in einer Kollegschule der Jesuiten unterrichtet. Im rechten Anbau befand sich lange Zeit die Kaserne der

Gebirgsjäger, der Alpini. Heute steht das Gebäude leer, die Fenster sind zugemauert. Ein freundlicher Nachbar klärt auf: „No prisone – kein Gefängnis." Auch wenn es so aussieht. Die weitere Nutzung? Er zuckt mit den Schultern.

Am Ende des Campo geht es über eine Brücke und weiter nach links. Zwei Gassen weiter steht man in der Ramo del Tiziano vor dem ehemaligen Wohnhaus des Malers, das im Vergleich zur Casa Tintoretto Wohlstand ausstrahlt. Ein alter Steinbrunnen schmückt den Hof, Bäume und Blumen bereiten eine behagliche Atmosphäre. Das große Haus ist heute in mehrere private Wohneinheiten unterteilt und kann nicht besichtigt werden. Neben der Hausnummer 5182 erinnert eine Tafel an den großen Maler.

In der Calle Stella, wiederum zwei Gassen weiter, sucht man vergebens nach einem Arzt namens Dr. Carlotti. Aber neben einer Türklingel findet sich dennoch ein vertrauter Name aus den Romanen: Vianello.

Abb. oben | *Unbedingt schwindelfrei sollte man sein, wenn man auf der anderen Seite wohnt*

Hintergrund | *Tizian*

Das Geburtsjahr des Tiziano Vecellio ist nicht genau bekannt, geboren wurde er 1480 oder 1490 in Pieve di Cadore, einem Dolomitendorf nicht weit von Cortina d'Ampezzo. Schon als Kind machte Tiziano seinen Eltern klar, dass er sich nichts anderes als Beruf vorstellen könne, als Maler zu werden. Das Malen war seinerzeit ein Lehrberuf wie in anderen Handwerken üblich. Von der Gilde anerkannte Meister nahmen empfohlene Lehrlinge in ihr Atelier auf und bildeten sie sieben Jahre lang aus.

Tiziano Vecellio kam als etwa Zwölfjähriger durch die Vermittlung seines Onkels nach Venedig. Die längste Zeit seiner Ausbildung verbrachte er in den Werkstätten der Brüder Giovanni und Gentile Bellini sowie deren Schüler Giorgione. In diesen Ateliers entstanden Gemeinschaftsproduktionen: Der Meister zeichnete den Entwurf und erklärte seine Vorgaben, seine Schüler malten Personen, Figuren, Landschaft. Teilweise arbeiteten mehrere Personen gleichzeitig an einem Werk. Die Lehrlinge durften gelegentlich den Hintergrund malen. Der Meister jedoch signierte das fertige Bild.

Tizian, wie er schon bald allgemein genannt wurde, musste nicht lange die Werkstatt fegen und Paletten reinigen. Sein Talent war schnell erkannt, und schon bald arbeitete er wie die wesentlich älteren Schüler an den Gemälden mit. Er begann schon in dieser Zeit, seine eigenen Ideen auf die Leinwand zu bringen, was einem Lehrling streng untersagt war. Spätere Käufer erkannten die unterschiedliche Darstellungsweise auf Bildern, an denen Tizian mitgewirkt hatte und wollten von dem jungen Auszubildenden porträtiert werden. So schaffte er mit Hilfe von einflussreichen Fürsprechern, dass er bereits mit ungefähr zwanzig Jahren zum Meister ernannt wurde und nun sein eigener Herr war.

Kompromisse und Selbstzweifel waren nicht Tizians Spezialität, und so stieß er viele Gönner vor den Kopf. Er hörte es nicht ungern, wenn man ihn mit Michelangelo oder Leonardo

Abb. links | *Tizian verzweifelt gesucht – Klassenfahrt in Venedig*

da Vinci verglich, betonte aber immer seinen eigenen Stil. Der Zeitgenosse Albrecht Dürer war für ihn ein „Holzschnitzer", den Malerkollegen Tintoretto bezeichnete er als frömmelnden Provinzmaler, der sich unter Wert verkaufte und in Venedig festklebte.

Tizian malte Päpste, Könige und Fürsten – sein Portrait des römisch-deutschen Kaisers Karl V. hängt in der Alten Pinakothek in München. Den Durchbruch in Venedig erreichte er mit einer Auftragsarbeit für die Frari-Kirche. Das großformatige Altarbild der „Himmelfahrt Mariä" wurde vom Volk bejubelt und überzeugte auch seine Kritiker. Für das riesige Gemälde „Schlacht bei Cadore" im Dogenpalast ließ er sich zwanzig Jahre Zeit und verärgerte die venezianische Regierung heftig. Er nahm Aufträge aus ganz Europa an und lebte längere Zeit in Augsburg als Kaiserlicher Hofmaler Karls V.

Ein privates Leben hatte neben der Malerei wenig Platz, es musste sich seiner Besessenheit unterordnen. Noch bevor Tizian zwanzig Jahre alt war, verliebte er sich in ein Modell. Als selbstständiger Meister bezog er mit Violante eine Wohnung und lebte mit ihr zwölf Jahre zusammen, bis er sich in ein junges Mädchen verliebte, das nach kurzer Zeit von ihm schwanger wurde und damit eine Entscheidung zwischen beiden Frauen erzwang. Erst nach der Geburt des dritten Kindes heiratete er Cecilia, die wenig später starb.

Tizian starb 1576 an der Pest, genau wie sein Sohn Orazio. Er hinterließ seinem ältesten Sohn, dessen Oberflächlichkeit und Gier ihn schmerzlich kränkte, neben Grundbesitz in Venedig und in den Dolomiten seine unvergleichlichen Bilder, die Tizian als einen der größten Renaissance-Maler auszeichnen. Seine Werke hängen in den berühmtesten Museen der Welt, wie den Uffizien in Florenz und dem Louvre in Paris.

Wenn Paola kocht …

Branzino (Wolfsbarsch) in Salzkruste

Der frische Branzino vom Fischmarkt wiegt etwa zwei bis zweieinhalb Kilo. Der Fischhändler hat ihn bereits ausgenommen, aber nicht geschuppt, denn die Haut wird später nicht gegessen. Der Barsch wird von innen mit Salz, Pfeffer und etwas Zitrone gewürzt und mit einem Bund grob gehackter Petersilie gefüllt.

Der Backofen wird auf zweihundert Grad vorgeheizt, ein Backblech mit Alufolie oder Backpapier ausgelegt. In einer großen Schüssel vermischt man zwei Kilo grobes Meersalz mit drei Eiweiß und füllt etwa zwei Drittel der Masse auf das Blech. Darauf kommt der Fisch, und mit den Händen formt man den Salzteig an allen Seiten hoch. Mit der restlichen Salzmischung wird die Hülle oben geschlossen. Der Wolfsbarsch braucht etwa eine Stunde Garzeit, die Kruste muss rundum hart und fest sein. Mit einem Küchenhammer oder ersatzweise Fleischklopfer wird die obere Hälfte der Kruste abgeschlagen, die Haut abgezogen, und das zarte Fleisch in kleinen Portionen entnommen.

Chiara zeigt sich während des Essens nicht begeistert davon, dass das Salz komplett in den Abfall geworfen wird, doch ihr Bruder bekommt den Auftrag, die Kruste noch am Abend in den Müll nach unten zu bringen, „damit nicht die ganze Wohnung nach Fisch riecht" (Donna Leon, Beweise, daß es böse ist, Seite 263/264).

Über eine Beilage wird im Roman nichts erwähnt. Gut dazu passen würde Mangold, den man in Italien gern zu Fischgerichten serviert. Von einem Kilo Mangold schneidet man die trockenen Stielenden ab. Weiter behandelt man ihn wie Spinat, das heißt: gründlich waschen, kurz kochen, bis er zusammenfällt und abtropfen lassen. Eine Zwiebel und eine Knoblauchzehe werden gehackt, in Olivenöl angeschmort und mit dem Gemüse vermischt, das nach Wunsch vorher zerkleinert werden kann. Danach schmeckt man noch einmal kräftig mit Salz und Pfeffer ab und gibt vor dem Servieren eine Handvoll leicht gerösteter Pinienkerne über den Mangold.

Auf eigene Faust: Entlang der Einkaufsstraße Strada Nuova in Cannaregio

Wenn Mitbringsel aus Venedig nicht allzu kitschig, sondern etwas echter venezianisch sein sollen, sind Sie auf der Strada Nuova genau richtig, denn hier gehen die Bewohner Cannaregios einkaufen, und es kann durchaus passieren, dass Donna Leon mit Einkaufstüten in der Hand gerade ein Geschäft verlässt.

Am Campo di Santi Apostoli startet die letzte Tour. Wie auf jedem größeren venezianischen Platz gibt eine Kirche den Namen. Die im 16. Jahrhundert erbaute, schlichte Apostelkirche spielt in der Reihe bedeutender Sakralbauten Venedigs keine große Rolle. Bemerkenswerter ist die angebaute Cappella Corner mit ihrem auffälligen Kuppeldach, die ursprünglich als Grabmal für die zypriotische Königin Caterina erbaut wurde. Ebenfalls am Campo di SS. Apostoli beherbergt hinter der Hausnummer 4488 ein schlichtes Gebäude die deutsche evangelische Kirchengemeinde. Nach der Reformation lebten im nahe gelegenen Handelshaus der deutschen Kaufleute zunehmend auch Protestanten. Auch evangelische Studenten der Universität Padua suchten ein Gotteshaus in der Nähe. So kaufte die Evangelische Kirche Deutschlands 1813 das Bruderschaftshaus gegenüber der Apostelkirche. Noch heute finden hier gelegentlich Gottesdienste in deutscher Sprache statt.

Die Hauptverkehrsader im Stadtteil Cannaregio ist die breite Einkaufsstraße Strada Nuova. Immer wieder passiert der Kommissar diese Straße auf dem Weg zum Tatort. Auch die Zeugin Signora Gismondi geht hier einkaufen oder besucht ein Café.

Abb. unten | *Schmiegt sich eng an Wohnhaus und Kirche – die Kuppel der Cappella Corner*

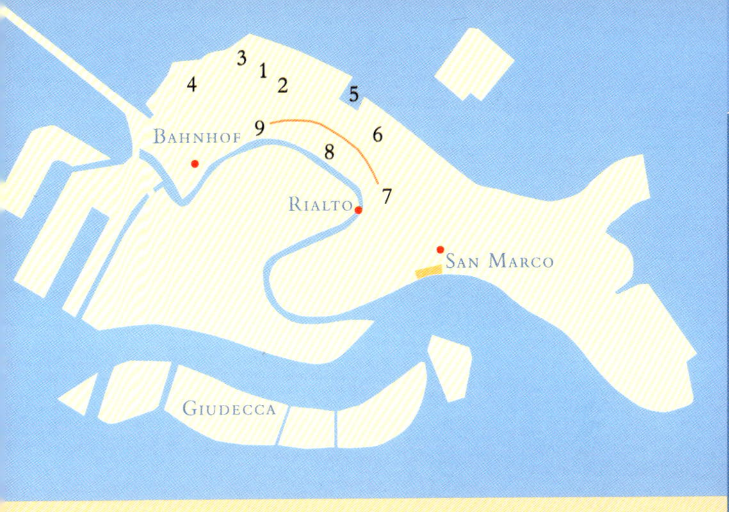

1 Palazzo Mastelli | 2 Casa di Tintoretto | 3 Madonna dell'Orto | 4 Ghetto | 5 Sacca della Misericordia 6 Casa Tiziano | 7 Campo di Santi Apostoli | 8 Cà d'Oro | 9 Campo San Felice

Auf dem Campo di Santi Apostoli treffen sich nachmittags die Bürger des Stadtteils Cannaregio. Unter schattenspendenden Bäumen werden auf den Bänken Neuigkeiten ausgetauscht, der Nachwuchs im Matrosenanzug lernt an Großvaters Hand gerade laufen. Der wohlwollende Applaus von den Bänken ist beiden sicher. Dazwischen schlecken Touristen an ihren Eistüten, dankbar für einen kostenfreien Sitzplatz.

Der Platz bietet ein Einkaufsspektrum des täglichen Bedarfs mit einem Kiosk in der Mitte und kleinen Geschäften ringsum. Es gibt eine Apotheke, eine Bar, einen Lotto-Toto-Laden, einen Bestatter und einen Elektriker. Bei Eisenwaren Battistin (so ähnlich hieß das Mordopfer!) drängt sich die Frage auf: Wer benötigt in Venedig einen Wasserschlauch? Wo sind die großen, durstigen Gärten? Zur Stärkung bietet der Pizza-Imbiss *Pizza al Taglio*, das ist ein ordentliches Stück auf Papier zum wirklich kleinen Preis. Und im Dog-Shop gibt es auch Leckerchen für Katze, Maus oder Fisch. An der Ecke der Strada Nuova warten in der Polleria (Geschäft für Frischgeflügel) Hähnchen und Enten auf den Grillspieß.

Die kleinen Geschäfte in der Strada Nuova bieten ein buntes Gemisch aus frischen Lebensmitteln und Kleidung, Gebrauchsgegenständen und Souvenirs – eine richtige Einkaufsstraße also. Bei der Hausnummer 4273 sollte man in der GELATERIA CA' D'ORO unbedingt ein Hörnchen füllen lassen. Denn hier hat die Romanfigur Signora Gismondi die rumänische Haushaltshilfe des späteren Mordopfers zum Schokoladeneis eingeladen (Donna Leon, Beweise, daß es böse ist, Seite 64). Das Eiscafé liegt an der Ecke zum kleinen CAMPO SANTA SOFIA. Eingerahmt wird dieser Platz von zwei Palästen: Links mit der Hausnummer 4200 ist heute das Vier-Sterne-Hotel Foscari Palace eingezogen, gegenüber im Palazzo Sagredo arbeiten Büroangestellte. Ins Auge fällt die TRAGHETTOSTATION am Ufer des Canal Grande. Besonders am Samstagvormittag läuft hier der Fährbetrieb zum gegenüber liegenden Fischmarkt pausenlos.

Weiter auf der Strada Nuova liegt auf der linken Seite hinter der Hausnummer 3932 das Museum Galleria Franchetti in einem der schönsten Paläste der Stadt, der CA' D'ORO. Für alle, die jetzt eine Stärkung brauchen: Auf der anderen Straßenseite in der schmalen Gasse Ramo Ca' D'Oro tröstet eine lustige Witwe Durstige und Hungrige. In der urigen Bar *Alla Vedova (bei der*

Abb. oben | *Am Campo Santa Sofia bringt die Fährgondel nicht nur Menschen ans Ufer von San Polo, um die Ecke wartet zunächst ein leckeres Eis*

Abb. rechts | *Die Damen haben sich noch nicht entschieden: Ein Glas Wein bei der Lustigen Witwe oder zwei, drei Häppchen in La Cantina?*

Witwe) sind ein Glas Wein und leckere Häppchen im Angebot. Ebenfalls *Cichetti* und eine Ombra in allerbester Qualität bietet *La Cantina*, so gut, dass viele Gäste vor der Hausnummer 3689 im Freien ihren Wein trinken, weil an der Theke nichts mehr geht. Die Brotscheiben belegt Francesco Zorzetto reichlich mit hauchdünnen Scheiben Backschinken, frisch aus dem Ofen – köstlich. Ist der Backschinken aufgegessen, kommt als Nächstes vielleicht der ganze Parma-Schinken unter das Messer. Wer mag, kann hier auch frische Austern schlürfen. Der Wein kommt nicht aus dem Zapfhahn; bei dem wunderbar weichen *Rosso Soprano* aus Sizilien wäre das auch eine Sünde.

Wer bis jetzt noch kein Souvenir gefunden hat, den locken blumige Düfte auf der anderen Straßenseite in das poppigbunte Geschäft *Lush* mit hausgemachter Seife und Badesalz. Vor der Brücke San Felice treffen sich die Bewohner des Stadtteils im *Supermarkt Billa*. Hier geht auch Signora Gismondi einkaufen und freut sich, als sie sonntags aus London zurückgekehrt ist, auf frisches Gemüse und Obst zu bezahlbaren Preisen (Donna Leon, Beweise, daß es böse ist, Seite 29).

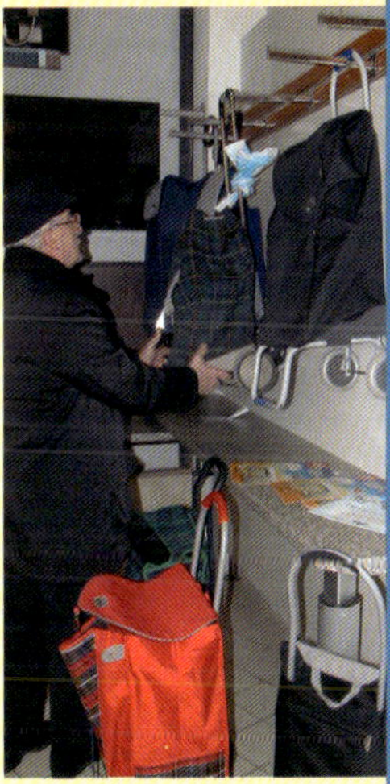

Abb. oben |
Im Supermarkt gibt es sogar einen Parkplatz für Brücken-Shopper

Am Campo SS Apostoli begann der Gang über die breite Einkaufsstraße, auf dem Campo San Felice endet er. Wer noch ein kleines Stück weiter geht, entdeckt auf der linken Seite vor dem Campo Santa Fosca noch eine besondere Attraktion: Neben der zweckmäßig erscheinenden Apotheke des 21. Jahrhunderts schaut man durch das Schaufenster auf die historische Einrichtung der Vorgänger – hier wurde noch von Hand gerührt und gemörsert.

Nach Venedig kommen

Wenn man Venedig nicht auf der Durchfahrt besucht, ist die Anreise mit dem Flugzeug oder der Bahn empfehlenswert. Das Auto muss man sowieso am „Eingang“ abgeben, und die Parkgebühren sind nicht unerheblich.

Der venezianische Flughafen Marco Polo liegt rund 13 Kilometer nördlich in Tessera.

Folgende Airlines fliegen Marco Polo an

Lufthansa, www.lufthansa.com | Hapag-Lloyd Express, www.hlx.com | Air Dolomiti, www.tui.com | Austrian Airlines, www.aua.com | Swiss, www.swiss.com | Alitalia, www.alitalia.com

Vom Flughafen in die Stadt

Am bequemsten, allerdings recht teuer, fährt man vom Flughafen mit dem Wassertaxi direkt bis zum gebuchten Hotel. Der Preis sollte auf jeden Fall vorher erfragt werden, wird jedoch kaum unter 100 Euro liegen. Eine Reservierung ist möglich unter www.venicewelcome.com.

Ein Linienboot (Alilaguna) fährt vom Flughafen nach San Marco und weiter zum Zattere in Dorsoduro. Die Fahrt dauert eine Stunde und 20 Minuten und kostet ca. 10 Euro.

Am preiswertesten und meistens auch am schnellsten fährt man mit dem Autobus vom Flughafen bis Piazzale Roma (2 Euro) und weiter mit dem Linienboot (Vaporetto). Das 24-Stunden-Ticket für alle Linienboote kostet ca. 12 Euro. Die Linie 1 fährt ab Piazzale Roma durch den ganzen Canal Grande mit vielen Haltestellen, so dass fast jedes Hotel bequem erreicht wird. Gleichzeitig ist diese Anfahrt die erste Besichtigungstour und Schnupperkurs venezianischen Lebens.

Anreise mit dem Zug

Der Bahnhof Stazione Santa Lucia liegt im Nordwesten der Stadt direkt am Canal Grande, so dass die Weiterfahrt mit einem Linienboot unkompliziert ist.

Von vielen Bahnhöfen im deutschsprachigen Raum gibt es gute Zugverbindungen nach Venedig, teilweise durchgehend. Die Fahrzeit ab München beträgt rund sieben Stunden. Bequemes Reisen im Nachtzug ist möglich, je nach Wunsch und Preiskategorie im Schlafsessel, Schlaf- oder Liegewagen. Auskünfte in den Reisecentern der Bahnhöfe, im Reisebüro oder unter www.bahn.de.

Anreise mit dem Auto

Österreichische und Schweizer Autobahnen sind mautpflichtig. Die Autobahngebühr in Italien wird bei der Ausfahrt berechnet, und zwar nach der gefahrenen Strecke und der Fahrzeuggröße. An den Mautstellen kann bar in Euro oder Schweizer Franken bezahlt werden. Bargeldlos funktioniert die Bezahlung mit einer zuvor gekauften Viacard (25 oder 50 Euro). Die Beträge werden automatisch abgebucht, eine Restzahlung mit Bargeld ist jedoch nicht möglich. Bitte nicht an der Mautstelle die Spur mit der Aufschrift Telepass benutzen. Dort werden nur in Italien zugelassene Fahrzeuge elektronisch abgefertigt.

Parken in Venedig

Sind Sie bereits über die Brücke Ponte della Libertà gefahren und auf der Insel gelandet, stehen an der Piazzale Roma mehrere Parkhäuser zur Verfügung, die rund um die Uhr geöffnet sind und bewacht werden. Für einen Tag werden rund 25 Euro erhoben, auch für mehrere Tage wird kein Rabatt gewährt. In der Regel muss der Autoschlüssel abgegeben werden, da die Fahrzeuge je nach Verweildauer umgeparkt werden.

Auf der Parkplatzinsel Tronchetto kostet das Parken pro Tag ca. 20 Euro. Auf der Ponte della Libertà findet sich ein Hinweis zur Abfahrt auf die Insel, kurz bevor man das Ende der Brücke erreicht hat.

Sowohl von der Piazzale Roma als auch von der Insel Tronchetto erreicht man mit den Linienbooten fast jede Hoteladresse in Venedig.

Mobilität in Venedig

Venedig zu Fuss

Das zwangsläufig autofreie Venedig ist nicht groß, man kann es gut erwandern. Deshalb sind gesunde Füße und bequeme Schuhe das wichtigste. Täglich gilt es, zahlreiche Brücken zu überqueren. Daher wird empfohlen, für die Anreise rollbares Reisegepäck mitzunehmen und auch bei der Wahl des Hotels die Erreichbarkeit zu überprüfen (weitere Hinweise unter: Persönliche Tipps auf Seite 166).

Venezianer wie auch Touristen laufen und laufen, unser Commissario allen voran. Vielleicht ist es so zu erklären, dass die Einheimischen trotz ihrer sehr nahrhaften Küche überwiegend schlank erscheinen.

Linienboote

Das Hauptverkehrsmittel ist das *Vaporetto*, das Linienboot. Zahlreiche Linien mit festem Fahrplan verkehren auf dem Canal Grande, dem Canale della Giudecca, an der Fondamenta Nuove, zu den vorgelagerten Inseln und zum Lido. Die Linie 1 fährt im Zehn-Minuten-Takt durch den ganzen Canal Grande bis zum Lido und zurück. Ein Einzelfahrschein kostet stolze 5 Euro, das 24-Stunden-Ticket ca. 12 Euro und der Fahrschein für drei Tage

Abb. oben | *Heute werden am Theater nur Kulissen verladen. Kein toter Dirigent, kein Polizeiboot*

ca. 25 Euro. Eine Fahrkarte für sieben Tage muss zuvor schriftlich beantragt werden. Die Tickets gelten für die Benutzung aller Linien. Die Fahrpläne hängen an allen Anlegestellen aus, sind übersichtlich und werden ziemlich genau eingehalten. Nicht an allen Anlegestellen gibt es ein Kassenhäuschen mit Kartenverkauf, und viele schließen bereits um 15 Uhr nachmittags. Immer verfügbar sind Karten an den größeren Haltestellen Piazzale Roma, Bahnhof, Rialto, San Marco und Zattere. Gelegentlich hängt morgens an der Haltestelle des Linienbootes ein Plakat mit der Überschrift Sciopero, das heißt Streik. Der kommt so regelmäßig vor, dass er gut organisiert ist und mit einem eigenen Fahrplan versehen wird.

Abb. oben | *Ein bisschen Stehvermögen ist schon nötig*

Abb. linke Seite | *Mit dem Auto vor die Haustür und Kofferraum ausladen – nicht in Venedig*

Für die schnelle Überquerung des Canal Grande wählen Einheimische gerne den *Traghetto*, eine Gondelfähre mit Stehplätzen – für Ungeübte eher ein gewöhnungsbedürftiges, schaukelndes Abenteuer, dafür kostet die Fahrt auch nur 50 Cent. Die Anlegestellen sind mit grünen Schildern gekennzeichnet. Nach 18 Uhr wird in der Regel nicht mehr befördert.

Durch die schmalen Kanäle gelangen nur kleine Boote, entweder die sehr teuren *Motoscafi* (Taxiboote) oder das Polizeiboot mit Blaulicht. Für die Taxifahrten werden Festpreise berechnet, die an einigen Haltestellen aushängen. Man sollte jedoch immer vor Antritt der Fahrt den Preis erfragen. Rechnen muss man mit rund 30 bis 40 Euro für eine Fahrt von wenigen Minuten. Taxiboote mit Lizenz der Stadt erkennt man am Nummernschild mit schwarzen Zahlen auf gelbem Grund.

SERVICE | Linienschifffahrt Venedig, Städtische Verkehrsbetriebe ACTV, Piazzale Roma (in der Nähe des Bahnhofs) | Telefon 041-780310 | Internet: www.actv.it | Fahrpläne auch unter www.hellovenezia.it, Telefon 041-2424 und www.venicewelcome.com

Abb. rechts | *Gondel-Romantik mit Gruppendynamik*

GONDELN

Als Fortbewegungsmittel nicht zu vergessen: das Ziel aller touristischen Sehnsüchte, die Gondel. Seit 1562 sind alle Gondeln einheitlich schwarz. Der amtierende Doge Priolo erließ dieses Gesetz, um damit ein für allemal Schluss zu machen mit den Wettstreiten der Familien um das prächtigste Boot. Der Gondoliere des 21. Jahrhunderts trägt noch immer die klassische Kluft: den Strohhut mit rotem Band, ein Hemd mit maritimen Blockstreifen zu einer feinen Tuchhose. Die kann er sich auch leisten, denn der Gondelführer gehört zu den Großverdienern der Stadt. Eine halbe Stunde Touristen-Schaukeln spült rund achtzig Euro in seine Kasse.

Dass der Gondoliere beim Rudern singt, ist eines der immer wieder erzählten Venedig-Märchen. Für Verdis Arien wird nach Wunsch ein Sänger engagiert, der natürlich zusätzlich entlohnt werden muss. Daher sieht man auf den Kanälen immer wieder „Gondelaufläufe“, das heißt, mehrere Gondeln teilen sich die musikalische Begleitung. Viele Hotels bieten einen Bestellservice für Gondelfahrten an.

Die Venezianer lieben ihre Gondeln, auch wenn der tägliche Touristenrummel sie nervt. Zur alljährlichen *Festa di San Marco* am 25. April feuern die Bürger die Gondolieri in ihrem Wettkampf ebenso an wie bei der berühmten historischen Regatta auf dem Canal Grande im September. Und selbstverständlich fährt das venezianische Brautpaar standesgemäß in einer Gondel zur Trauung. Ebenso begleitet die Familie ihre Verstorbenen zur Friedhofsinsel San Michele. Natürlich entsprechen die Gondeln auch äußerlich dem Anlass, entweder mit festlichem Aufbau in Rot und Gold oder mit schwarzem Baldachin, unter dem der Sarg steht.

Abb. unten | *Kein Fließband, kein Akkord – noch richtige Handarbeit auf der Gondelwerft*

In der Gondelwerft *Squero San Trovaso* werden jährlich etwa zehn bis zwölf neue Gondeln hergestellt. Eine Gondel in durchschnittlicher Ausstattung kostet rund zwanzig- bis dreißigtausend Euro und muss viele Jahre vorher bestellt werden. Die Inhaber versichern jedoch glaubhaft, dass sie schon immer Venezianer waren und keine Verwandten im östlichen Deutschland besitzen, die früher Trabbis gebaut haben.

Service | Gondelwerft Squero San Trovaso, Dorsoduro 1350/51 Rio San Trovaso | Anlegestelle Zattere | Telefon 041-2771146 | Internet: www.casaintrovaso.com/squero.htm

Reisegepäck

Als Reisegepäck scheinen die modernen Trolleys extra für Venedig erfunden worden zu sein. Für die in jedem Fall erforderlichen Fußwege sind sie ideale Partner: Die Brücke hinauf ziehen Sie Ihren Koffer hinter sich her, die Brücke herunter schieben Sie ihn am besten vor sich her.

Abb. oben | *Hübsches Souvenier – zum Laufen in Venedig denkbar ungeeignet*

Denken Sie beim Einpacken Ihrer Garderobe daran, dass Sie in eine sehr traditionelle Stadt reisen, vermutlich Kirchen und Museen besuchen wollen, sich also in jedem Fall auf historischem Boden befinden werden und nicht auf der Strandpromenade von Mallorca. Der Eintritt in unpassender Kleidung wird in sakralen Räumen verweigert, woanders ist man zumindest nicht gern gesehen.

Nicht vergessen sollte man, dass es in Venedig gelegentlich regnet. Aus den Rucksäcken werden dann in Windeseile dünne Regenmäntel ausgepackt, so dass der Markusplatz nach kurzer Zeit von bunten Plastikhäuten bevölkert ist. Dieser folienartige Regenschutz ist in jedem Fall sehr praktisch – Venezianer bevorzugen jedoch ihre gewohnt schicke Kleidung und einen Regenschirm. Sollten auch Sie sich für den Schirm entscheiden, lassen Sie den riesigen Partnerschirm zu Hause, denn damit bleiben Sie in jeder zweiten Gasse stecken.

Wohnen in Venedig

Der in vielen Reiseführern erteilte Rat „Wohnen auf dem Festland (z.B. in Mestre) und mit Zug oder Bus täglich in die Stadt fahren" bietet sicherlich einen preislichen Vorteil, denn Hotelübernachtungen in Venedig sind teuer. Sie nehmen sich damit jedoch selbst das beste Stück Venedig, denn erst am Abend wird die Stadt richtig schön. Ein fast leerer Markusplatz im Dämmerlicht oder Mond und Sterne über der Insel San Giorgio Maggiore sind Erlebnisse, an die man sich erinnert. Wenn Sie stilvoll wohnen möchten, aber die oberste Preiskategorie scheuen, wird das Hotel Novecento, das heißt „1900" empfohlen. Das Haus liegt in San Marco, nahe am Canal Grande und bietet ein sehr angenehmes Preis-Leistungsverhältnis mit 140 bis 260 Euro für die Übernachtung im Doppelzimmer. Alle Räume sind mit einem Stilmix aus antikem und ethnischem Mobiliar eingerichtet, Stoffe, Lampen und Dekorationen zeigen Einflüsse von Mariano Fortuny. Das ganze Haus wird von einem exotischen Duft und ein wenig Esoterik-Flair durchzogen.

Service | Hotel Novecento , San Marco 2683, Calle del Dose (nahe Campo San Maurizio) | Telefon 041-2413765 | Vaporettostation Santa Maria del Giglio (Fuß weg 3 Minuten, 1 Brücke) | Internet: www.novecento.biz

Empfehlungen für die günstigere Kategorie: B&B Al Palazzetto in Cannaregio. Nahe bei der Haltestelle Ca' d'Oro und der Einkaufsstraße Strada Nuova liegt an einem ruhigen Seitenkanal der kleine Palazzo mit fünf Gästezimmern. Die Räume sind sehr farbharmonisch im traditionellen venezianischen Stil eingerichtet, die geräumigen Badezimmer frisch renoviert. Einige Zimmer können mit-

Service | B&B Al Palazzetto, Cannaregio 4057, Calle Corrente (hinter Calle delle Vele) | Telefon 041-2750897 | Vaporettostation Ca' d'Oro (4 Minuten Fußweg, 1 Brücke) | Internet: www.guesthouse.it

einander verbunden werden. Das Frühstück zeigt sich echt italienisch mit einem Croissant, Zwieback und Kaffee, und wird im ehemaligen Piano Nobile, dem großzügigen Empfangssalon, eingenommen. Die Preise für eine Übernachtung im Doppelzimmer liegen bei ca. 60 Euro im Winter und bis zu ca. 145 Euro in der Hauptsaison.

Die letzte Hotelempfehlung gilt dem DOMUS CAVANIS in Dorsoduro. Das ehemalige Klostergebäude der Cavaner wird seit 2005 in ein Hotel umgebaut. Die früheren Schlafräume der Mönche haben ihre Zellengröße behalten, sind aber hübsch und mit pfiffiger Eleganz eingerichtet. Den Inhalt eines kleinen Koffers können Sie zwar unterbringen, nur der Koffer selbst passt nirgendwo hin – man sollte ihn an der Rezeption deponieren! Die Eckzimmer haben normale Größe. Das Frühstücksbüffet wird im Hotel „Belle Arti" gegenüber eingenommen, wenn es warm genug ist, im Garten zwischen blühenden Pflanzen und Spatzen, die gierig auf Krümel warten. Das Doppelzimmer wird im „Domus Cavanis" ab ca. 100 Euro vermietet.

SERVICE | Hotel Domus Cavanis, Dorsoduro 896, Rio Terrà Foscarini | Telefon 041-5287374 | Vaporettostation Accademia oder Zattere, jeweils 3 Minuten Fußweg ohne Brücke | Internet: www. hotelbellearti.venezia.com | Buchung auch unter www.bookings.net

TIPP | Telefonische oder schriftliche Anfragen an die Hotels sollten möglichst in Englisch gehalten werden. Briefe in deutscher Sprache müssen zumeist übersetzt werden und könnten daher längere Zeit unbeantwortet bleiben.

Einkaufen

Wer nicht nur wegen Kunst und Kultur nach Venedig gekommen ist, sollte sich in den Einkaufsstraßen der Stadt umsehen. Auf der Via XXII Marzo und der Frezzeria in San Marco reiht sich eine Nobelboutique an die andere, von Versace über Prada bis zu Baby Dior. Dazwischen sieht man jedoch auch venezianische Eigenprodukte wie feine Wäsche mit Spitze, handgeschöpftes Papier oder Glas. In den zwei Geschäften von Venetiastudium kann man Lampen und Stoffe von Mariano Fortuny nicht nur bewundern, sondern auch kaufen.

Viel bodenständiger zeigt sich die Haupteinkaufsstraße in San Polo, die Ruga Vecchia San Giovanni, besonders lebhaft am Samstagvormittag, wenn die einheimische Bevölkerung einkauft. Ebenso zu empfehlen ist ein Bummel über die Strada Nuova in Cannaregio. Und auf keinen Fall versäumen sollte man einen Besuch des Rialtomarktes, wo außer Fisch, Obst und Gemüse auch die safrangelben Plätzchen von der Insel Burano oder interessante Gewürze angeboten werden.

Die bekannten Souvenirs aus Muranoglas und bunte Masken findet man an vielen Ständen und in zahlreichen Geschäften überall in der Stadt. Man sollte nur wissen, dass hier in der Regel nichts angeboten wird, das wirklich aus Venedig stammt. Für den Erwerb einer Maske in Handarbeit kann das kleine Atelier „Arte da Indossare“ am Campo San Lio empfohlen werden, wo das passende Kostüm dazu nach Maß geschneidert wird oder entliehen werden kann. In den Straßen Dorsoduros, die Donna Leon als „Kunstsupermarkt“ bezeichnet, findet man neben dem gängigen Angebot auch sehr kunstvolle Objekte aus Glas. In den Galerien zeigen junge Künstler durchaus andere Sichtweisen von Venedig, gemalt oder gezeichnet, getöpfert oder mit den Händen geformt. Ein Bummel lohnt sich auf jeden Fall.

Abb. links | *Gondeln aus Muranoglas, vermutlich „made in Taiwan“*

Abb. links | *Dolce gehören zum Kaffee, die Bäcker präsentieren ein verführerisches Angebot*

Sie haben Lust auf einen Kaffee und die stille Hoffnung, dass Donna Leon am Nebentisch frühstückt? Am Campo Santi Giovanni e Paolo 6823 liegt die Bar Al Castello, die von der Schriftstellerin gern als „mein Büro" bezeichnet wird. Ihre Wohnung ist nicht weit entfernt, und die Besitzer der Bar wissen angeblich immer, ob sie in der Stadt weilt oder nicht.

Übrigens: Ein caffè ist ein kleiner, ein ganz kleiner Espresso. Wenn Sie mehr als drei Kaffeelöffel voll wünschen, bestellen Sie im Lokal „un doppio caffè", dann ist die Minitasse etwa halb voll. Niemals einen Espresso bestellen, damit outen Sie sich sofort als Tourist, der keine Ahnung hat. Ebenfalls zu beachten ist die Entscheidung, ob Sie ihren Kaffee al Banco, an der Theke, einnehmen oder al Tavolo, am Tisch. Die Preisdifferenz kann bei 20 bis 100 Prozent liegen. Die beliebten Spezialitäten Caffè latte und Cappuccino trinken Venezianer nur vormittags. Zum ersten Frühstück wird dazu selten etwas gegessen, zum zweiten darf es ein Cornetto sein, ein dem Croissant ähnliches Gebäckstück, häufig mit Marmelade oder Schokolade gefüllt.

Im Roman „Beweise, daß es böse ist" nimmt Guido Brunetti in der *Enoteca Boldin* einen Imbiss zwischendurch. Tatsächlich heißt die Bar *Boldrin*, liegt an der Salizzada San Cancian in Castello Nr. 5550 und bietet ein großes Angebot für den Hunger zwischendurch. Probieren sollte man den Fragolino, einen leicht süßen Weißwein mit Erdbeeraroma. Dass dieser leckere Geschmack ausschließlich aus der Korrespondenz zwischen Weinanbau und nachbarschaftlichen Erdbeerpflanzen besteht, wie Guido es seiner Tochter Chiara erklärt, wird allerdings bezweifelt, dafür ist das Aroma doch zu eindrucksvoll. Empfehlenswert ist auch ein Besuch der *Enoteca Gia Schiavi* in Dorsoduro am Rio di San Trovaso. Bei der Erinnerung an die köstlichen Cichetti für je einen Euro mit Kürbisricotta oder Gorgonzola mit Walnuss wird der Mund schon wieder wässrig. Ein Tellerchen mit drei oder vier Häppchen, dazu ein Glas Ribolla für 1,80 Euro, dies ist die perfekte Stärkung für das Laufen über die nächsten 27 Brücken.

Für ein ausgedehntes Mittag- oder Abendessen in Venedig sollten Sie wissen, dass in einem Ristorante in der Regel erwartet wird, dass Sie mehrere Gänge essen. Der Schwerpunkt der venezianischen Küche liegt auf Fisch und Meeresfrüchten, Gemüse dient mehr der Dekoration. Wenn Sie gern ein größeres Stück Fleisch essen, haben Sie schlechte Karten, es sei denn, Sie mögen Innereien, denn Leber *Fegato alla veneziana* oder Kutteln *Trippa* finden Sie auf vielen Speisekarten.

Für die beste Pizza von Venedig fahren Sie mit dem Vaporetto bis zur Haltestelle Sant' Elena und genießen unter schattigen Bäumen nach dem Aussteigen zuerst einmal die spektakuläre Aussicht über die Bucht. Vom Anleger aus laufen Sie geradeaus durch den Park direkt auf die *Pizzeria Ai Trulli*, Viale IV Novembre, zu. Wahlen Sie einen Platz im Freien, denn drinnen kann es passieren, dass Radio, Fernseher und Musikbox um die Vorherrschaft kämpfen. Beim ersten halben Liter Hauswein wählen Sie in Ruhe Ihre Lieblingspizza aus. Die riesige „Toro" ist mit luftgetrocknetem Schinken, Kirschtomaten, Rucola, Mozzarella und Parmesan so üppig belegt, dass sie auch für zwei reichen würde.

Nach so reichlichem Essen und Trinken müssen Sie sich dringend von einigem wieder trennen und suchen die nächste Toilette. Venezianer werden Ihnen auf die entsprechende Frage die nächste Bar zeigen. Wir empfehlen, vor der Bestellung des Caffè zu überprüfen, ob die Bar tatsächlich eine Toilette hat. Öffentliche Toiletten findet man in Venedig am Kai vor der Haltestelle San Marco, an der Accademia-Brücke auf der Seite in Dorsoduro und nahe der Hauptpost an der Rialto-Brücke.

Kirchen und Museen

Insgesamt sechs venezianische Kirchen stehen unter der Verwaltung *Chorus*. Alle können mit einem einzigen Pass besichtigt werden, der rund 8 Euro kostet (ein einzelner Eintritt kostet 2,50 Euro). Auch viele venezianische Museen bieten Partnerkarten an, beispielsweise alle rund um den Markusplatz. Empfohlen wird, unter www.museicivicivenezianі.it die richtige Kombinationskarte herauszufinden.

Die Öffnungszeiten der Museen sind sehr individuell, die bekannte Regelung, dass Museen an allen Wochentagen außer montags geöffnet sind, gilt in Venedig nicht.

Ein einzelnes Museum verdient einen besonderen Hinweis: das Museo Storico Navale in Castello Nr. 2148, direkt am Ufer. An jedem Vormittag außer sonntags kann man hier in die Geschichte der Seefahrer-Vergangenheit Venedigs eintauchen. Von alten Karten über historische Uniformen bis zu Galeeren und einer goldenen Gondel reicht das Spektrum der Ausstellungsstücke. Vor allem für Familien mit Kindern bietet das Museum eine interessante Abwechslung zu Kunst und Kultur, und auch der Eintrittspreis von 1,55 Euro dokumentiert Familienfreundlichkeit.

Ein ganz persönlicher Wunsch zum Schluss: Bleiben Sie freundlich und entspannt, auch wenn der venezianische Kellner oder die Verkäuferin es nicht ist! Eine Erklärung für das häufig erlebte missmutige Verhalten der einheimischen Bevölkerung ist, dass Venedig mit rund 65.000 Einwohnern eigentlich eine Kleinstadt ist, jedoch täglich die logistische Meisterleistung einer Metropole zu bewältigen hat. Über dreizehn Millionen Touristen besuchen jährlich die Stadt, und wenn jeder von ihnen nur einen einzigen Liter Wasser trinkt, müssen dreizehn Millionen Flaschen im Jahr mit kleinen Booten angeliefert werden. Also: Lächeln und ruhig bleiben, vielleicht wird dann in einigen Jahren sogar zurückgelächelt.

Wo buche ich was?

Geführte Touren auf den Spuren von Donna Leons Krimis durch Venedig

Geführte Krimi-Touren durch Venedig werden von deutschen Reiseveranstaltern vermittelt. Bei „i.travel" kann man einen Rundgang durch die Stadt auf den Spuren von Guido Brunetti buchen. Im Preis von ca. 55 Euro ist auch eine Führung durch das Teatro La Fenice enthalten. Die Tour ist an jedem Samstag möglich und muss vorher angemeldet werden.

Service
i.travel, Köln
Telefon 0221-5341090
Internet: www.itravel.de

Der Reiseveranstalter „Literaturreisen" vermittelt Anreise und Hotel und bietet dazu Informationsmaterial, wie der Krimifreund auf eigene Faust Guido Brunetti durch die Stadt folgen kann.

Service
Literaturreisen, Bremen
Telefon 0941-599200053
Internet: www.literaturreisen.com

Literaturempfehlungen

Natürlich sollten Sie alle bisher erschienenen Krimis von Donna Leon lesen, in denen Guido Brunetti in Venedig ermittelt:

1. Fall *Venezianisches Finale*
2. Fall *Endstation Venedig*
3. Fall *Venezianische Scharade*
4. Fall *Vendetta*
5. Fall *Acqua alta*
6. Fall *Sanft entschlafen*
7. Fall *Nobiltà*
8. Fall *In Sachen Signora Brunetti*
9. Fall *Feine Freunde*
10. Fall *Das Gesetz der Lagune*
11. Fall *Die dunkle Stunde der Serenissima*
12. Fall *Verschwiegene Kanäle*
13. Fall *Beweise, daß es böse ist*
14. Fall *Blutige Steine*

Alle Krimis sind im Diogenes Verlag, Zürich, erschienen, ebenso wie die biografischen Erzählungen von Donna Leon „Über Venedig, Musik, Menschen und Bücher".

Weitere Empfehlungen aus der Gegenwarts-Literatur, bei denen Venedig-Freunde auf ihre Kosten kommen:

Marlena de Blasi: Tausend Tage in Venedig, Eichborn 2003
Hanns-Josef Ortheil: Im Licht der Lagune, btb 2000
Hanns-Josef Ortheil: Venedig - Eine Verführung, Sanssouci 2004
Petra Reski: Meine Mutter und ich, List 2003
Petra Reski: Palazzzo Dario, List 1999
Petra Reski: Der Italiener an meiner Seite, Droemer 2006
Dirk Schümer: Leben in Venedig, List 2004

PULLMAN «Fleche d'Or» Nº 4080 DE

Danke

Ein herzliches Dankeschön an viele Menschen in Venedig, die meinem Fotografen und mir die Arbeit sehr erleichtert haben. Mit ihren wertvollen Informationen und persönlichen Gedanken haben sie mir in vielfacher Hinsicht geholfen.

Ganz besonders und persönlich bedanken möchte ich mich bei:

Dottor Natale Rusconi
Signora Ulrike Turza
Signora Francesca Forni
Signora Lorenza Bortoluzzi
und der bezaubernden Silvia Pillon

Impressum

Katharina Holtmann
Leseratten unterwegs. Auf den Spuren von Donna Leons Romanen

Fotos: Manfred Kaczerowski

Alle Angaben in diesem Buch erfolgten mit größtmöglicher Sorgfalt durch Autorin und Verlag. Stand: Juli 2006. Bei Abweichungen bitten wir um Mitteilung, können aber keine Haftung übernehmen.

Verlagsanschrift

Alfredstraße 108
45131 Essen
E-Mail: info@booksandfriends.de
Internet: www.booksandfriends.de

Gestaltungskonzept & Cover:
Art des Hauses Kommunikationsdesign
Anne Franke | André Maaßen | Daniel Klafke | Sebastian Heger
Hagen-Hohenlimburg

Druck und Verarbeitung: tz Verlag & Print, Darmstadt

1. Auflage Oktober 2006
ISBN 3-9810996-1-3
ISBN 13: 978-3-9810996-1-3

Leseratten unterwegs
Jetzt mit Film-Infos
Oliver Mittelbach
Dan Browns Thriller-Schauplätze als Reiseziel
Illuminati-Tour durch Rom
Sakrileg-Tour durch Paris & London
Diabolus-Tour durch Sevilla
books&friends